光明 我称之为

陆健

著

辽宁人民出版社

© 陆健　2024

图书在版编目（CIP）数据

我称之为光明 / 陆健著. —沈阳：辽宁人民出版
社，2024.8
ISBN 978-7-205-11119-9

Ⅰ.①我… Ⅱ.①陆… Ⅲ.①诗集—中国—当代
Ⅳ.①I227

中国国家版本馆 CIP 数据核字（2024）第 083469 号

出版发行：辽宁人民出版社
　　　　　地址：沈阳市和平区十一纬路25号　邮编：110003
　　　　　电话：024-23284325（邮　购）　024-23284300（发行部）
　　　　　http://www.lnpph.com.cn
印　　刷：辽宁新华印务有限公司
幅面尺寸：135mm×200mm
印　　张：10.25
字　　数：150 千字
出版时间：2024 年 8 月第 1 版
印刷时间：2024 年 8 月第 1 次印刷
责任编辑：李翘楚
装帧设计：留白文化
责任校对：冯　莹
书　　号：ISBN 978-7-205-11119-9
定　　价：58.00元

目 录
Contents

第一辑

血脉的颜色

第二辑

还好我没有错过你

第三辑

偶遇的光亮

第五辑

回望的眼神

01 第一辑
血脉的颜色

我称之为光明

《芝麻街》上的比尔

我儿子陆卓，他妈妈姓刘
叫他刘路卓。可是他怎么
成了"Bill"的呢？一条光溜溜的
金鱼会变成八爪两钳的螃蟹吗？
一个教授穿上三十年前的校服
就能把逃学挨板子的事情再来一遍？

都是培正小学的《芝麻街》啊
那位教英语的加拿大籍老师
制作了几十张卡片，男孩女孩们
各抽取一张。那上面写着自己的
英文名字。陆卓就这样成了"Bill"

"Bill"——向上滑动的语音

陆卓感觉全身亮了一下

"Bill"——有钱人的名号。有没有钱

这个中国男童还没来得及想

威廉姆斯·克林顿的昵称也叫比尔

挺好玩的。虽然陆卓认为：如果

不是不得已，才没有人愿当总统呢

"比尔"就像一个路标

他出生的医院，往南是一所学校

他在广州的家，往东是一个公园

住郑州的时候，出了院子向右是一位

卖烤红薯的老爷爷白了胡子

转眼十八岁了，"比尔"就像

一个偶然，一条道路，一个弯度

通向枫叶之国，通向多伦多

到枫叶上去做一只七星瓢虫

"既然叫比尔，以后学外语

就不能偷懒图省事了"

比尔好像还没来得及下决心

低下头答应："那好吧！"

但是"father"和"mather"

只有一个字母不同，怎么就

分出男女呢？同样是这个水果

为什么称它"苹果"又称"apple"？

这种事情真够麻烦

它一半红，"red"；一半绿，"green"

绿色是怎么"green"的呢?

这个世界不讲道理的地方太多了

比尔的问题总是比他的睫毛还浓密

比如"这个大楼的爸爸是谁？"

比如"化学的个子有多高？

它长着什么样的眼睛？"

这次的疑问是："加拿大恐怕见不到

七星瓢虫的吧？"我说——

"益虫。没有也应该进口一点"

比尔乐翻了。"是啊，总比臭鼬好些"

他想起宝迪学院和多大校园中常常

不期而遇的目光炯炯的臭鼬，连连挥手

像要把鼻子下面难闻的气味赶走——

那动作神情，仍然很像他小的时候

"海边的小屋"没有风景

比尔小时候因为淘气
多次挨妈妈的打。比尔挨了打
总是十分惊讶。他不知道自己
错在什么地方：难道过错就是淘气？
妈妈不也曾经把杯子掉在地上吗？
妈妈淘气了，谁来惩罚她？

看来妈妈的不高兴就是我的过错
想到这里他不由得暗自难过
他使劲拍打自己手中的公仔
"我要是做爸爸就好了，
我就可以打你的屁股"
这些话正巧被妈妈听见
比尔的妈妈哭笑不得

有一次比尔在日记里写道
　"妈妈要是再打我，我就
和小朋友跑到海边，建一个
自己的家。让她再也找不到我"

现在比尔开始怀念和妈妈在一起
的日子了。哪知道外国的房子这么小
一间五平方米，"转转身，不是碰头
就是撞屁股"，还要自己铺床、扫地
洗手间的水龙头也坏了
它往下滴水，就像是流泪

然而，比尔在掉第二滴眼泪之前
就挺起胸脯来了。他站起身，提气
一脸严肃，像成龙那样拳击空气
"嘚！"——
这是他认为减轻压力的有效方式

他开始想象，妈妈就在左边隔壁
爸爸就在右边隔壁。墙一敲就响

电话一拨就通。还是不行，清冷

他开始知道，七星瓢虫

也不是那么好当的了

"一个超可爱的家伙"

一听这个词，你就知道非比寻常
比尔以往形容他爸爸的时候，才说
"一个超可爱的家伙"

爱动的家伙，经常跟学生打打闹闹
"好像大家都是一伙儿的"
肥肥的家伙，常去泡迪厅。不过
他蹦迪时别人就停下来了，比尔
也盯着他，一伸一缩的大肚皮

他说美式英语，"crapy" "hook up"
——都是美国青年人嘴里
像嚼完口香糖之后吐出来的新词
他穿时髦衣服，那些 Tommy，Champion

——好贵好牛的 Tommy。梳着小卷头
尤其是一甩一甩，很沉醉地讲着
他的初恋的趣闻。和他一起顶开心

哇，不开心的事情留在后面哪
简直是"图穷匕首见"，跟我们玩悬念
往讲台上一站他就变了脸——
布置任务，让我们写了散文写小品
还有诗哪，多恐怖！
一个中国字都不让用

他教 U4，教 U4 的老师就该如此苛刻？
同学们这才抓头发跺脚，顿开茅塞
——原来他笑里藏刀，阴险凶恶呀
他的名字叫马克·米勒

中餐、西餐、韩国菜

人，是人的胃里开出的花朵
吃什么样的饭，长成什么样的人
人，除了人种——
不就是以饮食来划分的吗？

那掌勺师傅，地道中国人
把老祖宗的配方忘得，比和尚的脑袋
还光溜，日本菜串了味，尚可原谅
他做的唐菜也不好吃，就不对了吧

这是为了适应更多人的口味嘛
没见过这样的韩菜，辣得——
面条碗里红彤彤铺了一层，还不如
直接把人的肠子刷层辣椒得了

比尔勉强吃点，再喝两瓶口服双黄连

西餐不像西餐，当地学生也吃不饱
三文鱼煮得硬邦邦，蘸点调料
加拿大是龙虾产地，吃一些强壮身体
没闻到。龙虾好像都被转移到外国去啦

进食堂大家奔拉头，大口吞沙拉青菜
好像人人都变成了一只菜篮子
比尔宁肯回宿舍煮方便面去
终于，学生们罢吃，提出抗议

校方撤换厨师，调整菜谱
谁想吃些什么，提前进行登记
带头闹事者，劝其退学——
"枪打出头鸟"，看来无论哪里
都是普遍规律

然而"换汤不换药"
加拿大厨师全是相差不多的手艺啊
比尔只能改变自己
的胃了

"色老头"瑞恩

比尔有点吞吞吐吐起来

"老爸你不要勉强我，我这个人
不喜欢说别人坏话的。假如我
破例讲讲微积分老师的事情
你千万不要把他写得太糟糕"

比尔说这话时非常认真

我当然会重视比尔的意见
我这个人，从小就掌握了
一分为二的观点
所以长成了一双对眼

比尔听到这话哈哈大笑起来

当然，比尔不喜欢他，有人喜欢
他尽管不算一个好老师，但他有特点
他不专心教学，爱调侃女同学
也许只属于个人爱好。可是他
改试卷稀里糊涂，总少了比尔的分数

他色得太典型了，让同学思考问题
自己一条腿跪在地上，摸女生的脚
好像那只脚会产生灵感，和
解决问题的公式。他做得太过分

看男生的时候眼睛睁得大大的
好像色盲色弱；看女生则眯起眼来
看不清楚誓不罢休，像看一份
他爱吃的甜点。对长得漂亮的女孩
特别关照，比如一个埃及妞

每次测验都不及格，还拿过零分
期末竟然过关。全班同学都做鬼脸

后来瑞恩被解雇了，bye bye 了

到其他地方品尝甜点去了

他是被他摸过的那只脚绊倒的吗？

成绩单和体温计

比尔的体温上去了。三十七度七
因为"2003年期中报告"下来了

他用成绩单盖住脸，躺到床上
眼前很多垂头丧气的同学
晃来晃去，放学以后直嘟囔

微积分：81分；化学：88分
英文最卖力气：67分
考勒女士还评价比尔"尽职、严谨
取得了进步，令人满意"
——明明是让人憋气嘛

妈妈在互联网上问："怎么样？"

"还好啦！"比尔的声调比平时
低了八度。记得他小时候
和人打了架，摸着红肿的额头
也是"还好啦"。不说委屈

68 分已是比尔能力之外的事
嘴起了泡，眼睛发炎，右眼麦粒肿
喝了几天王老吉。烤牛排
暂时"拜拜"了，单词、语法、练习
和桃汁、橙汁成了主食
加上煮挂面

做模拟考试题，一点点啃，像啃烧鸡
读原著，海明威、霍桑、福克纳
权当作补充营养的维生素 C
《等待戈多》——再考的日子
《秃头歌女》，下笔流利

期末报告。数字统计：97 分
物理：83 分；英文水平：80 分
四个月努力，"还好啦！"

体温正常了，比尔笑了

还没笑出声，又紧张起来

考托福的时间就到眼前了

还得一溜小跑冲上去

中秋节的月光

中秋节的月光

洒在几个中国学生身上

那是伸出手就能感觉到的风凉

几天前就听见了，"autumn"

它和"秋天"是不同的啊

眼睛在这个词上发呆

敲键盘的声音，不禁慢了下来

香港地区同学家寄来一盒椰蓉月饼

——这件事被宝迪的中国学生

称为"2004年度密西莎加最重要新闻"

把它——它当然是那块月饼

用透明的塑料刀具切过之后

逐渐地——大家认为
异乡的月亮稍稍亲切了一些
宝迪的空气香了些，接着更香了些

他们讨论享用这盒月饼的仪式
每人讲一个自己小时候的故事
讲现在，谁是自己最想念的人

——这仪式虽然缺乏创意
可是什么学业呀，代沟呀
今天晚上统统都不用提啦

小广州，小大连，你俩带头
看谁能背出最多的唐诗
要求是必须和夜色有关

这样背着背着，比尔脊背上的月亮
就没那么沉了。他想，哪怕月饼盒里
装的是祖国大陆切下来的一块泥土呢
大家轮流舔一舔，也会觉得甜蜜

"司机杀手"

比尔挠头的时候稍低着头

笑，下嘴唇稍稍包着上嘴唇

摇头，"我怎么能是'司机杀手'呢？

我不过——每逢打的士的时候都坐前座"

打劫司机的坏人总在前座？怪不得

我一往前座上抢，同学就笑我

我喜欢看，面前的景物飞快地向后跑掉

比尔很温和地握着车窗上面的拉手

他问问题，有时候有点"傻"

有时候很幽默。和司机师傅

吹水、聊天——东北话叫唠嗑

也许开车的黎巴嫩老汉的英语不准
也许那加国白人开始并不友好
还有瞧不起外国人的——似乎除了
美国人和他自己，其他都属于二等公民
大大咧咧，或者有点冷漠

这没什么，洒洒水啦！将就他一点
让他觉得爽一点，只要他
像水管子流水一样地说话
我就能练听力、学会和人交际

多数司机有问必答，当然他们也会提问
"你从哪来？你的名字？觉得这里如何？"
你发音不准，他们翘翘嘴角，或者
撩起胡子来笑笑，然后纠正你

"你是韩国人？No！日本人？No？"
那个巴勒斯坦司机压根不懂比尔的
民族情绪。还好，他说
"中巴——兄弟国。我留手机号给你
以后你用车，便宜。"说话间已到机场

"42块，2块——零头儿不要了

以后要是只拉9块钱的距离

就算9块钱全是零头儿，我就白拉你！"

我开比尔玩笑，"人家假如白拉了你的话

你可就真的成了'马路杀手'了"

若诺还是谢威伦？

比尔说：有时候我喜欢若诺
有时候我喜欢谢威伦。哈哈
"若诺和谢威伦其实是一个人"

来自香港，当然是纯种中国人
单纯，热心，不算计。又有点
像西方人。文质彬彬乐于助人
交这样的朋友，实在难得
我们三人老在一起，无论做什么
"对了，另外一个就是峰哥"

说到这里比尔又满足地笑了
又笑成了我的儿子，那个陆卓

若诺女朋友也考到多伦多大学来啦
他们凑在宿舍里过生活
　"他命真好，还有一个关心他
隔一两周就送一次鸡汤来的 uncle"

比尔说：有时候我喜欢若诺
有时候我喜欢谢威伦。哈哈
　"若诺和谢威伦有时不像一个人"

大声笑，旁若无人。像中国人
对女朋友非常绅士，像西方人

爱旅游，那次我们四人到马坎
到安大略湖去玩，湖上的野天鹅
专门瞄准穿鲜艳衣服的人
一溜儿飞过头顶，拉屎拉尿
鲜艳的人立马成了花斑狗
他女朋友还跑丢了刚买的围巾

若诺帮女友又洗又涮，按摩全身
有些可能是很肉麻的安慰的话

只说英文。在学校他常常盼 uncle
带来米饭炒菜，随时都想大吃一顿

从随身小包中拿出男士化妆品时
他叫若诺；放下刀叉使筷子时
峰哥说若诺你还是叫谢威伦吧

安德鲁·黄

天才，谁不仰望？就像
安静的人群中的一个喷嚏那么响亮
——哦，首先必须声明：这是比尔
的爸爸打趣的说法。比尔
比爸爸善良，绝不作这种想象

安德鲁·黄，这名字值得张扬
半中半洋。加籍华人嘛
物理和微积分双博士。孩子们不该
把老师的风度翩翩叫作"耍大牌"

人家从小学到大学都吃助学金
比尔的爸爸，不行吧？人家教数学
物理、几何和计算机，比尔的爸爸

的逻辑思维，差得没法提

五讲四美三热爱，做加法
他扳着指头，算成了三七二十一
"安德鲁·黄好像什么都会
那神态，好像生来就是要教别人的"
这样的老师，教谁是谁的福气

"他从不照本宣科，课本纯属多余
仰着头，像要把脖子伸进云彩里
讲的速度比溜冰鞋还快两倍"
他是高估了你们的理解能力

注重课堂表现的分数"Bonus"
比尔你就应该踊跃发言多尝试。自古
只有学习差的学生，从来没有坏老师

安德鲁·黄总说，多数同学
我劝你们还是学实业、学工程去吧
只有爱因斯坦那样的天才
才适合科学专业和纯数学

那么安德鲁·黄他自己是不是天才呢

很可能。假如八十年前，爱因斯坦
的脑袋不突然发光，那么研究出
相对论的，一定是安德鲁·黄

半个主人公的感觉

快半年了，期末考试的风就要吹来了
比尔见到的最大的一场雪也下过了
脚上的鞋子对学校和周围的道路熟悉了
夜里天也没那么黑了

饭菜开始适应比尔的胃了
好像家不像以前那么远了
食堂菜没味道时也能去同学的合租屋
煮面条、煎牛肉丸、做沙拉蟹肉了
韩国凉面、荷兰豆炒鸡、番茄炒蛋
剩饭菜也能找到公用微波炉了

学校住宿太贵也能与同伴去外面
寻租了，摸摸钱包，省下五分之一了

CIBC 银行的 MASTER 卡有了，VISA 卡
会用了，哪里的树木茂盛
哪里经常有化装 Party
我们越熟悉，就越习惯密西莎加

就越放松、不再伸个懒腰伸一半
就紧张地把胳膊收回来。放松了真好
就像云更白，天更高
就像石头也能变成面包

比尔在雅虎的聊天室那边说：刚才
我们还进了星巴克，加大纯咖啡
AA 品尝——才九毛钱加币一钵
挺不错。只穿一件衬衣在院子里喝

"小心感冒啊！""不会！"
老爸你说多好笑，星巴克对面楼房
窗户上，两只鸽子在家门口冻得咕咕叫
谢威伦说：你们瞧，应该做件好事
给它们的小尖嘴上戴个口罩

密西莎加的大杂院

别以为外国是天堂，除非你坚信
你站在哪里，哪里就是天堂

别以为好事就该轮到你
除非不食人间烟火——神仙
你也不要轻易把自己抬举成天使

这个大杂院，在密西莎加
市中心呢，三层
地下室四人，楼上五人租用
比尔住一楼，月租四百五十加元

女房东开制衣厂；男房东每天
早晨五点出门，晚七点

在门口跺跺脚，回来

别人撇撇嘴，"他俩
谁是谁的房东还说不定呢"
房客们也经常换，相互不认识

——这话好没有道理。比尔隔壁
再隔壁的那位越南或者
是泰国的阿婆呢？比尔就认得

她每周六天在洗衣店工作
干干瘪瘪的，苦相。见人就赶快笑
别人没冲她笑，她就自己跟自己笑

她住这儿十多年了。苦吃蛮做
可是为什么，她的家人从不来看她？
她的瘦脸，要戴那么大镜片的
眼镜做什么？

为什么她
弯腰抬头和人说话？为什么

不管大人小孩，她都要

让别人叫她"珊姐"呢？

对付老师的葵花宝典

每个学生，OK 都有对付的办法
在宝迪，先要对付老师带各个
国家口音的英语——有些甚至
是很搞笑的英语

这可不容易
在同学那儿操练吧。论起人缘
比尔不属第一也属第二
来自雅加达的优迪，华人后裔，
来自美国的"小黑"英文好
别的课程一般——大家互补

苏格兰乔治爱喝咖啡，聊旅游
蒙特利尔；聊"美眉"，怎么看五官

怎么让"美眉"注意你
首先身材性感，才称得上美女

内容是挡不住的乱七八糟
书面语、俚语，已经流利
得像光着屁股坐滑梯
加上多看英语电视听英文歌曲

再面见老师脖子就能扬得高一点
英文课上，主动和塞尔瓦托对讲
这位中年女老师从此见到比尔
目光就柔和起来了，让他帮她
放教学录像，毕业时主动跟他合影

安德鲁·黄最难对付，比尔大胆
找他吹水。他看重课堂表现
仅 Bonus，比尔就拿了 20 多分
在课题上找出老师的错误
加 1 分——真大家风度
期末成绩：比尔 95 分

比尔和印度老师阿默非常有缘

嘿嘿乐，他还塞"火星"牌糖果给他

也奇了怪了，他回答他的提问从没错过

他喜欢和学习优秀的学生紧紧拥抱

他性格开朗，绝对的超有活力

60多岁的人了，上楼下楼还蹦蹦跳跳

美女和野兽

白人女孩，黑人女孩
比尔没说她们是美女
中国女孩，韩国女孩
比尔没说她们不是美女

晚上来敲门的，肯定认为
美女是自己

"你闷在屋里做什么？"
"看牒"
"很闷啊，聊聊天"
"已经很累了，明天聊"

门被敲两次，再不开，就不再被敲了

"如果真的聊天，也该戴胸罩
不能只穿内裤呀。"此题，无解

比尔做个鬼脸，"极恐怖"
但我怀疑：他是不是每次都觉得
像他说的那么可怕……嘿嘿。坏笑

……白人男孩，黑人男孩
都不敢这样张狂。头昂得高
脚抬得猛，新款耐克鞋

从不给别人让路，随地吐痰
大口抽烟，穿拖鞋上课。衣服
前胸后背，画着猛虎或者九条龙
成绩很臭，开奔驰宝马的技巧很高

在 Toronto 高速路上，把
安大略路上的鸽子
和一地的枫叶惊得在半空舞蹈

相同的一点是：大家都很爱国

小红旗竖在电脑桌上；小红旗

插在鹅毛笔的笔插上

国庆节唱歌好像嗷嗷叫

要是所有中国学生

再平等、平和一些，那该多好

比尔解答的 N 个问题

飞机降落在加拿大，比尔的第一感受
是怕，陌生。空气像玻璃——冷，硬
好像轻轻碰，会给碰碎了，所以不敢动

比尔到达宝迪学院吃的第一顿饭是
咖喱炸鸡、青菜——类似上海青的那种

平常嘛，汉堡、韩国拌饭、土豆猪骨汤
各种蔬菜。复活节、圣诞节才
会有火鸡油晃晃的脑袋冒出来

他交的第一个外国朋友乔治·格雷夫
给自己做的第一顿夜宵——方便面
放点香麻油和鸡精

小时候印象最深？爸爸抽烟；妈妈
蒸的肉菜包。假如回到国内，要
先去看陈白路、唐诗堃、赵羽生同学

多伦多大姨家，比尔非常佩服表哥
满口比牙齿还整齐的美式英语
想摸摸那只名叫"茜茜"的小狗
它喜欢围着房子跑来跑去

那次回学校的路上比尔第一次单独
用加币买东西，他买了面包、香肠
香蕉和苹果，和一支圆珠笔

加国人常见的娱乐活动？看脱衣舞
老爸你别记！人家还有别的。他们
去别人家做客——带一块巧克力
或一些明信片就行啦，只有拜访
关系密切的女性时才送鲜花

我一直不懂为什么那里十三四岁

的女孩就化浓妆；华裔青年中间
流行的是 CBC 发型，刚见到的时候
我觉得有点怪模怪样

枫树四月长绿叶，十月红
第二年元月落地，白雪一望无际
那时候人们衣服上的红叶
我们书包上的红叶就鲜艳无比

最想家的时候？孤单、委屈
或者乏了累了。我啥时候回国回家？
2008 年看奥运，你买票请客啊老爸

篮球——姚明、跨栏——刘翔
跳水——明星够多，被捧得最高的
是伏明霞。足球吗？就免了
　"中国的足球，实在太抱歉啦"

多伦多大学的"德国老妈"

同学认为，"比尔，凯瑟琳好像
特别喜欢你、关心你，有点
你德国老妈的味道"

她挺有中国缘的。细细想来
这位"老妈"确实有点像中国人哩
像一个中国孩子，改变了基因
长着长着，不大像中国人了
但是仍然很美丽的那种相貌

祖籍德国，出生在加拿大，留学北京
把她称作世界公民大概也不过分
每次比尔问完问题，她总要摸摸
比尔的背，说"你到座位上去吧"

好像比尔的背是一幅世界地图

她喜欢用中文和比尔打招呼

"你——吃饭——了吗？"

语速很慢，声音柔软

像一只喜鹊学着黄鹂鸟叫

这时候比尔会感觉自己离她很近

就会唱，"有一条河的名字叫莱茵"

她的先生是华人

他们也"喝粥"，听京戏

每逢春节吃年夜饭

偶尔穿出苏州旗袍，使她别致且靓丽

她办公室的横幅——

"书山有路勤为径"

说是北京的一位名家赠送

——颜体，行草，运笔飞快

那把竹扇上写着"清风徐来"

她一摇，一笑

比尔的心情凉爽了不少

多大的"大"和比尔的"小"

多大有多大？加拿大高校中的

"大哥大"。多大，多大嘛

就是比"大"还多，比"多"还大

比尔用笔在大拇指上

画了一张人脸。随着手指晃动

小人儿摇头晃脑，好不招摇

学生五万多。六千教师

加起来就是人群的汪洋大海啊

比较而言，比尔是小了些

他摊开双手，夸张地做了个

无可奈何的动作

只说圣乔治校区吧，也许你遇到

一位穿着随意、滑滑板戴头盔

在人群中穿行的老人，他竟是

诺贝尔奖获得者！你的钦佩目光

也许会碰上他的淡然神态

那神态，和一位图书管理员的表情

差不多。三十二座图书馆

好像大楼的台阶都是老师

用肩膀扛着，都是用书籍铺的

你翻开书，书里每句话

都会流出一条河来。每个单词

又都像石磨，压着一口井

只要你能搬动，井里就有水，哗哗有声

罗伯兹研究图书馆，加国第一

书中埋藏着镍、镁、钻石

星星和昆虫。国内国际的风云

变幻无穷。从这儿——

许多人拿到毕业证后
成了天文学家、动物学家
议员、法官和外国商业巨头
枫叶年年秀，托着蓝色的天空

个人是太小了一点，就像一只
瓢虫吧。瓢虫也还是一种益虫呢

总也忘不了峰哥

一提峰哥，比尔的眼神
就不一样了。山峰的"峰"
哥哥的"哥"

就是那个总藏在电话另一端
不肯见我的峰哥，就是那个
我怀疑他有时连我的
电话声音都躲的峰哥

刚到宝迪时第一个冲我
憨憨一笑的峰哥，吃不惯学校伙食
同学挤到他宿舍煮面包饺子
被一个"坏"女生称作"阿妈"
也没发脾气的峰哥

（后来那女生成了他女朋友）

为省钱帮我理发，还教我理发
让我用他的头来当试验品的峰哥
被我把后脑勺剃得黑一块
白一块像个花皮球，害得他
不敢出门的峰哥

和我一块儿读书，互相补充笔记
互相鼓劲但是后来武侠小说
看得太沉迷的峰哥，渐渐疏远了大家

不再参加聚会，因为成绩不理想
考进外省一座大学学化学的峰哥
辍学之后不知道又去了哪里的峰哥
和他拍拖的女孩是否还爱着的峰哥

广州郊区，他的弯腰种菜的母亲
还在等着儿子毕业回家
峰哥，峰哥

雅虎和国际长途

雅虎可以理解为"一只文雅的虎吗"？
啸叫声传很远，又不影响别人
所以称得上一只——好虎
　"我老爸就爱玩文字游戏"

电话卡在加拿大买，往国内打
比国内的市话还省钱
　"嘻嘻，什么事情都难不倒我"

比尔的寂寞、烦恼、不适应
通过互联网和电话线，分别进口
到爸爸妈妈的耳朵里去
这些焦虑、烦躁，当然也有快乐
就被分担了、分享了

开始是密西莎加城市供应不丰富
简直比一个小镇还小；接着是加拿大
物价贵舍不得买，按按口袋，又松开

然后发现可乐、果汁便宜，葡萄香蕉
几毛钱加币买了就足够吃。公交车
在每天规定的时间，一张票
可以来回坐。圣诞节后加币币值
经常会稍稍回落，若用美元兑换
最好在这个区段进行，"所以还是
节日好啊，节日里穷人都笑了"

比尔下面的话让我听来带点揪心
一家大超市 Mall 常出售降价食品
快过期的糕点、熟肉不到原价
的三分之一。比尔的智力消化它们
也理直气壮地获得了二等奖学金

他走在多大的校园里有时候觉得
自己像自己的一面旗帜，已经能够

坚强地迎风走了，腿不抖、腰不弯

他打来的国际长途，却越来越短

一些初次公开的小秘密

第一次坐公交车。等。看
一位女士穿着好怪异：吊带背心
肥大的裤子，脚下一双滑板鞋
车来了，门却不开。比尔的方法
凡是不懂的，先看别人怎么做

噢，自动感应门哪！你贴它近一点
门就开了——"这不算秘密"

刚来宝迪，一次老师在课上
讲了个笑话。大家前仰后合。只有
我们几个中国学生听不懂。好没趣
我跑到卫生间，背手冲墙站着
半天不出来。从那以后拼命学口语

——"这是你上次跟我说过的吗？"

我去大姨家把表哥的饼干筒吃空了
我和他一起参加过一次"Party"
"人家嫌我们太小。我没跟你说"
中国留学生协会组织的，还请了外国司仪
魔术、口技
搞笑，无聊，还有一段四不像歌剧

那么你见到那些富家子弟开保时捷
住别墅、下馆子有没有嫉妒心理？
他们学习不如你，是否有点得意？
听没听说过魁北克故城，现在还走
四轮马车？听过。威士拿是著名的
滑雪胜地，英国查尔斯王子曾经
到那里游历？知道

女皇公园的
玫瑰园，美得能令人窒息，将来
你也和其他人一样去拍结婚照吗？
毕业想回国还是在加拿大待下去？

你提到过，加国的女孩婚前开放
婚后忠实。讨个洋妞？国产太太？
这一连串问题引起了比尔的警惕

"这些提问蓄谋已久吗？"
"只是随便问问" "你碰到
我的隐私了老爸。别破坏平等
——你说过多年父子成了兄弟"

02 第二辑
还好我没有错过你

我称之为光明

陪伴母亲

母亲这会儿呼吸平稳
两天了。深夜
为驱赶劳累，我打开电视

电视里的人甩臂大步奔跑
田径场像一个表盘
脚步的声音狂踩着心跳的声音

刺伤我眼睛的是那道
标志着荣誉、金钱的红线

盖在母亲身上的薄被
盖着一世的疲倦

她尽力了。作为医生
她托起多少病倒的人
帮他们站直身板，追逐幸福

作为母亲，背着
拉着我们四个孩子一路走来
没睡过安稳觉

屏幕上的人拼抢着冲向终点

我在心里喊，慢一点。拜托
还是慢一点吧
母亲的呼吸变得急促

啪的一声。停电了
屋子黑了。夜被扼住了脖子
我不禁失声痛哭

我的父亲

在公交车上被踩了一脚，刚得到
一句"对不起"，就让那人
又踩了一脚，仍然没见他发火
——他是我的父亲

在"文革"中背了几百遍语录，被批了
几十次，被罚看守了五年单位大门
让我蹲着陪他下了三年半的象棋

别人越批官越大，唯他越批官越小
仍然埋头工作的，是我的父亲

同事开玩笑说，他对洛阳贡献很大
包括把我母亲从一个

见人脸就红的北京姑娘
变成个爱说话的洛阳老太太

少不更事的我，心里窝火啊
涨工资让了又让，岗位竞争
退了又退。他在延安的老同学
都当部长了，他还是个正科级

"老陆是好人哩！"这句话
像很高的坡度，父亲爬到
八十二岁，终于攀爬上去

追悼会照章办理。有人抽泣
流下的泪水——四滴或者
三滴

周末生活

太太观赏电脑上的亚洲电影
儿子在手机上浏览欧洲科技
干脆，我捧起一本写美洲的书

我们一家三口，就这样
把世界抱着，把世界狠狠地爱着

屋子很安静，天气也晴好
中午了，谁也不抬头
谁也不提做饭的事。就这样爱着

好像要比一比耐力，比比
亚洲，欧洲，美洲
谁最能抗住饿

太太和她的朋友

太太和她的朋友在院子里散步

遵医嘱，吃了药
步子别过大，避免过快
根据路途均衡自己的体力

太太适应了与疾病和谐相处
她说，现在疾病
成了我形影不离的朋友

她手臂摆动的幅度、节奏
都表明身体状况，是晴，是阴
她的这朋友，是我
实在喝不下去的苦酒

先经过五年生存期

如今四年多了，想到这儿我胸口

就被什么死死抓了一把

她时而脚步平稳，微低下头

像在和自己的身体说话

像和自己的身体相互安慰

神情竟舒展不少

有时散步久了，该做饭了

择菜，洗菜，切，炒，蒸

豆腐炖鱼要慢火。可是我不说

坚决不说。在她身后跟着

我坚决不惹她的朋友生气

我们为不为她祈祷

默念是我们的祈祷
我们的祈祷也向着滨海的远方

除了时不时躲进白宫地下掩体
的总统，我们为不为美国人民
祈祷？暴乱已蔓延到华裔社区

太太那位朋友家附近，枪声啸叫
声音带着钩子，海风吹着屋顶
睡觉时也怕子弹突然
击穿脚心。我们为不为她祈祷？

五年前借走我家的全部积蓄
移民了。在不可知处

收缩为海上漂移的斑点。接着
我太太重病，急得我撞墙
她的朋友藏在自由女神像
衣摆下面的微信里，两年一次

我们为不为她祈祷？那人曾说
我会还钱。我也是讲良心的人

良心？呵呵。我的瘦骨嶙峋的心
如今我的字典里信任成了颤抖
的词语。病毒还说是花冠形呢

我们为不为她祈祷？太太犹豫
一下，说，我们还是为她祈祷吧

地理课和生物课

儿子要上地理课了，我
画出一张"井"字图——
北面朝阳北路，南面朝阳路
管庄路三间房东路分列东西
瞧，咱家在这儿。儿子低头
貌似很认真地瞅了瞅

具体位置？北京东北部
北京踞于河北境内，华北区域
中国在亚洲东部。地球归属太阳系
太阳系在银河系一角。银河系
是宇宙的几千万、几亿分之一

儿子蔫蔫地，蜷缩了一下身体

我们再看，宇宙的银河系之太阳系
之地球东部，中国首都北京管庄
居住着一位叫陆圣得的小朋友
十四岁不到，个子已经比爸爸高了
他是父母唯一的儿子，非常受重视
聪明好学，成绩还不错。将来一定
成为优秀的科学家，乘坐太空舱
到茫茫宇宙把所有秘密探个究竟

儿子顿时觉得自己高大起来
挺挺胸脯，双手做出整理背包
的动作——好像命令已经下达
他马上要登舱升空，闪亮整个夜晚

稠密的日子

二十年了。日子稠密，我都
懒得数了。我家太太可是一个
勤快人。我的剃须刀是她送的
明白啥意思了？青春尾巴留不住
就主动把下巴上的岁月刨掉

我学电脑，她教的。59 岁学开车
现在是她的专职司机。总之跟着她
一溜儿小跑跑进了现代生活

　"没有我，你会落伍到十八世纪
甭上火——对肺不好，对肝不好"

瞧瞧，上我圈套了吧？其实我

无心怪你，这会儿只想看看你
急赤白脸的样子。有点情趣不行啊

亲爱的老公，咱慢慢过
前面日子多，一箩筐呢
我松口气——松掉许久未消的闷气
陪着她，和她一起朝箩筐走去

太太养成记

太太家居苏北小城。不小心
考了全县第二名。南京的学士、硕士
北京的博士。刚来京城，爱吃烤鸭
一直说嫁给我，是烤鸭的功劳

第一次打车，和老家谈起办银行卡
的事，通话吐字清晰。除了密码——
姓名，卡号，身份证号，手机号
全让开车师傅听明白了。师傅叮嘱
姑娘啊，这样容易害自己哈

又一次打车，司机故意绕远
据理力争我当然不干。我和他的
脑袋差点碰撞到一起了。太太

死死拉住我的双手。如果师傅
性子暴烈些，非给我打成猪头不可

后来，见人不再矮三分了
天安门也敢抬头看了。维权
意识增强，尤其面对我的时候

我们的生活幸福无边。以前她
做饭带孩子。披萨饼，烤羊腿
法式面包，边读说明书边操作
后来一边生病一边辅导我
惭愧的是我一直甜咸不均不及格

孩子考了100分。她夸耀——
瞧瞧我儿子；考了70分，责怪我
——你这什么遗传基因呀？

之后她会问，娶我后不后悔？
我答，不后悔，我媳妇金不换

拦不住别有一番滋味在心头

——如果真的把她换给别人

我的罪过可就大了去了

乃人自道

自道者陆某人也
稍清癯。头发黑白相间
自诩黑白两道。或乌黑锃亮
染了金鸡鞋油仿制品之缘故
眼袋足足超出眼睛两倍大
学问三二斤。偶而言语粗俗
说是心中崎岖五六七百里
目光有时坚定，比如奔向菜场
超市、打折商店、小卖部
有时恍惚，额前浮游零星诗句
或不知哪里拐弯来的奇怪念头
步幅时宽时窄，腰腿之疾不愈
相逢路人，有意挺胸提臀
远远拒绝衰老等枯败字眼

初秋细碎方格短衬衣蔽体

风掀衣角，隐隐露出一些脏腑

我的远方的美路

一张照片，把我带到萨德伯里
普通的庭院。美路，我三岁的孙女
正在看电视。圆圆的大眼睛，目光
直溜溜的，好像大气都不出
她的哥哥恩昊也入了神，右手
举起，还没来得及举到最高位置
食指略略弯曲成问号，神情专注
好像面临前所未有的一件事
又好像疑惑："世界咋这样呢？"
兄妹俩完全没注意他们的爷爷
就站在窗户外面，站在岁月里
美路，我还从未抱过的孙女美路
对电视里的情景一脸愕然。她的
愕然广阔无边，使我泪流满面

马万国的画

我等马万国，等了二十六年
等他成为国画大师

今日，他的一幅等待命名之作
经幡，高过天地交界线的经幡
把一座大山固定在这天空下

一叶叶红色，于风的摇摆中
不言不语，攀爬。天空已不再是
高处。天命——血的块状物
颠覆了我对信仰的认知

我匍匐，看苍昊辽阔
时有信众踏雪为路，拜叩

我看到无人驱赶的牦牛

晨昏俯首

更多的牦牛正陆续赶来

题清供石《高峰接云》

——兼赠旭宇先生

谁敢说自然的手中

没有一支如椽巨笔

带着慈悲，带着恩典

带着一派无为之态

猛地插进土地的腹部

在土地的阵痛里

山峰隆起，升高

如站起一个个伟岸

粗莽的汉子

这支既形而上，又

形而下的笔，在山峰的

肩上、头顶，书写出
柔美的女性般的云彩

雨水落下来，流成江河
哺养缓慢思想的植物
和膨胀欲望的野兽
这支自然的笔，做了许多

又像什么都没有做过的样子

给出

——刘以林大师的钢笔画

若非亲眼所见，实难信服

从我儿子信手的涂抹中续写出

一种秩序。网状的地球上

自由的虫豸起跳欢呼。我的

带缺口的扁圆形斑点鹿衔环

唇吻小草和虚无，带些甜味

还有无数往世的动物，来世的花卉

变化我们的视觉经验。珍稀

白纸的温暖，温馨，弥漫

善与美相互传话，相互支撑

都处在天下第一的位置。这些

弱小又执着的生灵，被上界

选择的斯人之替身，使观赏

成为人生忽然来临的幸事

我们世纪的宝贵财富。简单的图形

由纷繁杂乱间提取。鸟儿的

短短口喙,一根薄薄丝线钓起大海

五官藏匿的翅羽,鸣叫声仿佛

连着天线。哲学在它的下面

奔向遥遥不可知处。与时间对称

或不对称的能量。钢笔和白纸

运动和静止的合谋,日夜交替

并行于刹那,重叠于当下

一瞬接通永久。有意——无意

人力——神迹,总要

显露的谶语。大爱无际涯

"神"和"秘"的媾和足以形容一切

又被纸张的白茫茫覆盖

我去顺义一座山中造访。见他

从斜坡的萝卜白菜地里,从诸多

偈句中站起身来,十指沾满土垢

脸色黑黑——那悬在半空里的

我所熟悉的一片泥土,万物生长

画家衣惠春夫妇

画家衣惠春夫妇，八十岁上下
瘦硬的先生，尤善山水长卷
郁郁葱葱，扎心的青绿。夺目
就是让你的眼睛舍不得离开
金黄的色彩响亮，更是千金难换
太太石丹，矮小，左手夹着香烟
谁也看不出她胸有斑斓猛虎
她养的虎比动物园多，且壮硕
我见过她眯着花眼，细细描写
虎须的工作状态。虎须一根根
被磨成利刃尖刀。她养大的虎
多数赶到老伴栽种的丛林里去
或被高价收藏。参展，雄踞大厅
的重要位置。出门老虎跟在身后

谁也不知道，这位慈眉善目的
老太太，年轻时的美丽和暴脾气
她胸有猛虎，她的猛虎彪悍狂野
真正的王者，以驱赶狼群为己任

"害群之马"

老墨画马已经画到

呼之欲出的程度

让所有吃草的马绝望不已

天下的马，无论的卢

还是乌骓、赤兔

鞍鞯扔在格尔尼卡的画布上

我说老墨，当今之世

只有能画出害群之马的

行藏的，才配称作大师

神要借用你的笔，圈住它

它的飞扬的蹄子表现着跋扈

它扭动的脖颈，邪恶的眼神
是的，它是
马的变形加上人的变形

它躲在隐秘安全的地方
经常忽然冒头
咬你一口，咬我一口

它的鬃毛变化着发型
还一副随时要唱歌的样子

对布莱希特先生一首诗的
修改建议

"将军，你的坦克是一辆坚固的车"
没错。可是如今有了反坦克导弹
您还是改改为好，便于千古流传

"将军，你的轰炸机是坚固的
……但是它有一个缺陷，
它需要一个技术员。"
不料指哪打哪的无人机已经出现

"将军，人是很有用的
……但是他有一个缺陷
他会思想。"然而有人举起大棒
不让所有其他人思想。怎么办？

我有一个缺陷，就是对前贤
满脸敬重，却忍不住，时而心里
想幽一默。改不掉啊。但是我也
有个优点，冒犯之后每次都道歉

塞纳河之忆

真想让塞纳河接通我家乡的水

十五年前在塞纳河边，我望这微澜

心里很柔软。遥观埃菲尔铁塔

西岱岛的巴黎圣母院。想着一些

美丽或凄惨的往事。镌刻着诗句的

米拉波桥，阿波利奈尔还在痴等玛丽

落日粘连波光，映在一份《费加罗报》

的字行间。那戴宽边软帽的男人

在石椅上喝左岸咖啡，品味大仲马

或卢梭思想。右岸的蒙马特高地

毕加索和他的朋友似乎还在梧桐树下

品勃艮第酒，享大师名号。萨特

拒绝了文人艳羡的荣誉。密特朗卸任

其借住的朋友的寓所也在傍河之处

肥嘟嘟的鸽子在傍晚，在那一男
一女、一黑一白的门卫警察头顶盘旋
他们闲谈的，是巴士底狱的昔日吗？
此刻穿牛仔裤的女孩骑一辆单车
从香榭丽舍的方向过来。她唇间
吐出标准的汉语。你好！她笑一下
——是巧笑倩兮的那种。近些年
我的好运多多少少与这句问候相关
那辆单车，后座上的卡通书包
她的蓝眼睛像大海，翻卷着金色头发

地上的稻米，天上的星子

——感念袁隆平老人

如今你已倒下，在
突然开裂的初夏
倒在因沉重而略略弯曲的丰收中

时间的一个醒目刻度
稻米的影子，覆盖你身躯

父亲般的——你在那儿
夜以继日，抚平一茬茬岁月
蹲坐在田畴，跪伏在垄沟
像一块泥土，隐身在广阔的泥土之间

内心贮满强大的宁静。你
直起腰，站起来想休息一会儿

的时候，倒下了

夜，压迫着双肩，越来越低
白日，被一种力量持续扩放
天上的星子，地上的稻米

饥饿的版图比稻米的版图宽阔
在这世界，在黄皮肤
白皮肤、棕皮肤的人群里

那双手合十包裹着生存的形状
是心脏的形状，谷仓的形状
你蹲坐在稻禾中，跪坐在稻禾中
是祝愿，是绵绵不绝的救赎无声

你捧来的
使徒般的稻米，英雄般的稻米
拼力长高着，加持了你何等的信念？
这世上小也小不过、大也大不过的稻米

发给母亲的微信

妈妈，今天是我 62 岁生日
妈妈，我想你

以往每到今天，我都收到
你发来的信息。今天
没有，以后再不会有

那天后半夜的电话
骤然而起，突然勒住我的脖子
我惊跳下床，像手抓烙铁那样

家有高堂，最怕的事
还是来了。飞机上邻座
诧异地盯我一眼

不晓得为什么跑道湿了

妈妈，最终还是没能等我赶到
你的眼睛是睁着的

姐姐帮你擦身，我帮你穿衣
八十过后，你的身躯一天天矮小
以至于要扬起头来看我

我一抬头天上青烟散漫
没有母亲的故乡还是不是故乡？

妈妈，这些年我在外面
深一脚浅一脚奔波
你除了打电话
还学会发短信，发微信
你躬着背，脸趴在手机屏上

你是后半夜三点多走的
去过洗手间，回房间
仰面躺下，再唤不醒

单位领导说，王老师
真仁义啊，不给子女添麻烦

不知是否有预感，前天晚上
你面对电视剧朗朗笑
声音出奇响亮
然后大声让妹妹帮你洗澡

干干净净，安详谢幕
"王老师是有德之人
一辈子接生过10000多个
孩子，从没出过手术事故"

妈妈，虽然我太普通平凡
再给我一百年也发达无望
但你迎接到世上来的孩子
中间，一定有天使
不让这世道腐烂

妈妈，你工作繁忙

没时间管儿女，让我们

"儿孙自有儿孙福"。我们

有的在外地念书、工作

有的自学考试，以工代干

有的早早下岗，艰难度日

你打趣："还要来

啃我这把老骨头呦

生来欠你们的，得还。"

妈妈，我见过你年轻时的照片

拉着我，抱着妹妹。比我大两岁的

姐姐在前面跑。妈妈，你的美丽

比以往任何时候都清晰

你出生在京城医学世家

十五岁读卫校，上班

还没来得及享受娘家恩惠

我的父亲，就像狼一样叼走了你

从此辗转，一直到邙山脚下

妈妈，你别怪爸爸，他
生病之后反应迟钝，丢三落四
错不在他，在那段
不能过也得过的日子

你怕冷，晚上休息多盖一点
给爸爸的老寒腿也加个毯子

妈妈，原谅我总不回家
原谅我违忤你意愿
上文科，打死不肯学医
我也悔恨，只能用这小时候
堆的积木一样的文字给你
而不是用听诊器诊断这人间的病灶

妈妈，你的儿媳在老家养病
我做了菜，给你五年级的二孙子吃
还把他两个最好的伙伴叫来
他们懵懂得知，今天是伯伯生日

你孙子说，爸爸你怎么哭了？

蜡烛前我许的什么愿，他永远不懂

你知道，我从来只喜欢男孩
前几个月隔壁单元刚添了女婴
楼下婴儿车闪亮着似曾熟悉的
笑靥，我的心好酸好感动

我知道如果有转世
你一定会来到离我最近的地方
让我念着别人的好。使我相信
这世界终将被爱和善良统领

妈妈，你的微信是删除不了的微信
妈妈，请收下我的红包
妈妈，谢谢你在天堂保佑我

磕磕绊绊
——致田原

我在为田原写诗。现在也许
我在他脑子里的九霄云外

北京寒冷，我缩手缩脚。他在
仙台，担忧地打探火山的消息

"传闻，黑石一雄小说中
一位主要角色出走不见了
那本书简直没法读了"
"怕是要英国警察
通过人口调查才能解决"

我开玩笑：日语啊，有点
像磕磕绊绊的汉语

你的制作木屐的邻居
没不高兴吧？他说不会
他的一位擅长鞠躬的
教授同事，也这么说过

我问，那边的准航母是
三菱造的还是哪家造的？
答曰：我研究松尾芭蕉
芭蕉不喜欢航母

那就好那就好啊，和平是主题
田原是旅居日本的中国客
陆健是地球上的外星人

售票员大姐

公交车玻璃窗上的大字——
"今天 3 月 27 日已消毒"

真是不简单，把今天都消毒了
我看看天，敢情还是有雾霾

突然想起来，今天是 26 号
怎么把明天给消了呢?
明天有没有毒还不知道啊

售票员动作麻利，唰唰
把"7"擦去，顺手添上了"5"

就这样，今天又回到昨天去了

熊焱说出了我们大家的羞愧

熊焱说出了我们大家的羞愧
羞愧啊在夜里，我也不是光明
我想说，熊焱，谢谢你

我想起那个在北京西郊
自己盖房子的王家新
他的诗不打磨不装修
不是圆形的，不滚动

直白，直接。他搬动语言
像在搬砖头，搬笨重的家具
使周边的那些玩得很漂亮的
自带滑轮的想象力
略感低人一等

还有那个长相憨厚的汤养宗

宽胸大嘴口吐霓虹

使霞浦的山水显得过于文气

他把雷声和狂浪的巨兽

驱赶进他的书页里。他

大手大脚。大脚

是海滩和船板给的

他的大手，却不曾

放肆地长到翻云覆雨的程度

最后一片叶子
——纪念郑敏先生

在身边人看来，我完全是
没有缘由地落泪

一束金黄的稻束。又如何？
人们说司空见惯

只要思维正常的人
都说司空见惯了

我亲属中唯一的一位
文学博士，她因为年轻
因为双手浸在洗衣池中
而露出对新闻版角落
一则信息的短暂的懵懂

其余人继续赶公交，读手机
看抖音，或嗑瓜子

一束金黄的稻束，收敛了
她的光芒。这对她
或许只是休息
或许只是对我们的遗忘

可是对我的哭泣，竟是
失去母亲一样的悲剧

我不知道你活了 102 年
你等的是谁？
我不知道是谁
对你有过 101 次的访问，许诺
让你如此坚强，如此坚持

太多泪水了
百年来，一株宁少毋滥的
一株只肯长出九片叶子的梧桐
她的叶子在今天落尽了

舞蹈家冯英女士

见惯了各种表情

在人们的脸上登场

舞台不再是煞有介事之处

——今日注定不同

她从《茶花女》《红楼梦》

《天鹅湖》的唯美中

撩起灯光的薄薄幕布

来到朋友们之间

十七岁到此刻，如幻觉

鲜花仍在开，掌声尚未熄灭

柔韧的丝带挽起长发与往事

她环顾而轻轻一笑

只有生活和音乐仍旧是致命的

朵生春的春天

早就夏天了

而春天并没有过去

春天在朵生春那里，不走

春天在小说中有点絮叨

在诗歌里紧致、精练

一朵花大过一个春天

假如它被毛笔书写

被篆刻记忆，收藏

一个大白于天下的秘密

春天里的饱满，像一个拳头

握紧，松开。松开又握紧

在央视论坛的办公室下班
之后，春天又是一坛美酒

太多的才华让他得了胃病

谁都知道，春天病了
不是一天两天了，不是
新闻了。但愿秋天好转

现在他就坐在我的对面
给酒作个揖。像是猛然
想起一件好玩的事
一个可笑之人。他说
要哭，早哭不出来了

他嘴角一挑，把临窗的弯月
又挑高了些

译者
——赠姚风兄

在某种程度上
译者是一位牺牲者

他遇见一个同路人
他欣赏他，或痛恨他
视之如敌人或兄弟

如同欣赏同时痛恨自己

他要让他——另一个他
在异邦重新开始生命

太难了，这桩要命的活儿

他的笔尖滑动，抖动

他白天黑夜里，劳动

把灯捻亮些，再捻亮些

他已经目睹那个他

在自己的文字中长成一棵大树

一头穿梭于异质文明丛林的野兽

就像把努诺·朱迪斯移植

到巴蜀之地那样

他仰靠在椅背上

天花板知道他已失血过多

以至于他低头写自己的作品时

不时有纠结、挣扎的感觉

2022 年 11 月 10 日，在泸州又见翻译家姚风先生并听其
大会发言后写此拙作。

张执浩的重要性

张执浩的重要性在于你远远望去
他就是荆楚大地上的一块泥土

张执浩的重要性在于读他，你必须
慢慢读，读出声。品咂。在语调中
他仿佛就站立在不远处，陪着一台电脑

词根，卸掉所有化肥及其他元素
人群里辞藻的诗正 pass 感觉的诗
事物的重要性在于它自身会开口说话

他用开春的河水洗手，然后写作
绵延持续的爱，注入日子平凡的肌肤
诗歌善于在你不经意的缝隙间萌生

以细节回馈。弗罗斯特、亲爱的勃莱
《身体周围的光》才称得上朋友中的
朋友。重要的是偶然的可把控性

艺术的衣袖悄悄擦拭生活的泪点
他稍稍眯着的眼中有个纯银的小勺
不停从心里——汲取出亮光和蜜
如同在灾后倾斜的门框下烤火取暖

——这并非妥协，这坚守中有拒绝
张执浩的重要性在于他常做什么
还有很多事情硬起脖颈不肯做

这个普通农夫的儿子，背着母亲
哭着离开医院的汉子。把满山的
野花当成女儿，而他自己只好
美滋滋的像个披头散发的老父亲

重要的、重要的是他在灶前操厨
完全想不起诗歌是什么，像什么
重要的是他在诗中围的那件花围裙

伊沙的金斯堡

多年前，北师大中文系的伊沙
跑到外语系蹭课。口型很标准
的老师在讲金斯堡

老师讲金斯堡像在吹一把铜号
伊沙如受电击。他的身体里
霎时挂满金闪闪的箔片

他遇见一个结结巴巴的写作者
车过黄河的时候他这么想——

饿死诗人，也不是什么稀罕事

他在西安的三流高校教书
习惯的手势，奔放的既不

压低谁也不托举谁的手势

消息说伊沙正是中国的金斯堡
嗯！伊沙也以为然。起码
一切的活物，想活出个样子
都需要足够的肺活量

直到一天，他遇见了布考斯基

纸上的布考斯基正不断地
通过他，走进中国诗人
知道 3D 打印吧？就那般真切

后来又有人说伊沙是中国的
布考斯基了。伊沙面对镜子
呵，金斯堡还是金斯堡
他在停顿中，准备下一轮号叫
布考斯基继续忙着做布考斯基

伊沙还是独一无二的他自己

2022 年 11 月 10 日在泸州国际诗酒文化大会相遇伊沙而写。

全世界人民都爱高兴

全世界人民都爱高兴
全世界人民都应该有笑容

豪放的笑，会意的笑
狂笑，轻笑，甚至窃喜
羞涩的笑。当然一般来说
我们不用"开怀的笑"
来形容女士们

全世界人民都爱高兴
我当仁不让属于其中一员

无论我是一员，一头，一只
一朵，一条或者一滴
无论我在哪里，在什么时候

我们大家组成了一切

我爱这世界。我想说的是
我们都爱这世界。她的草木
走兽和飞鸟，和不断走动于
文学与艺术中的精灵和神祇

一天天，一年年，一辈辈的
喜悦与悲伤，带泪的笑
我们的闪烁劳动色泽的双手

悲伤与喜悦是并辔的马
悲伤与喜悦是仅仅比爱
稍低一点的情感

高兴在人间，我在人间
我们在人间，争取着
我们值得过的生活

2022 年 11 月 9 日在泸州再遇多年好友、著名翻译家高
兴先生，谦恭作此文字。

绿蒂的名字

绿蒂的名字
一位女子的名字。一个
很多容貌都配不上的名字

它的动与静。凝翠
向着花红的路上行走

两个多笔画的汉字，葱茏之礼仪
与这女子的相互守候

每个人都参与改写人类整体
——每个名字。色彩趴在季节
的膝盖上填空，为美丽加分

无所谓对错。但我听见蔷薇
隐隐地笑。罂粟急吼吼提着裙子
飞奔，醉倒在枝头。我看见你
挽着春天的手，时光因此停留

那天是 2021 年 3 月 28 日
下午，一个叫瓦库的地方
那天是匆匆一面的郑州

重读《黑池坝笔记》并致陈先发

子非鱼

却不妨碍书中的鱼

与湖中的鱼合而为一

它像是要把这片湖擦干净

接近于救援它

岸，和岸之外，是另一种

生活方式，让别的鱼去打理

这条超现实主义的鱼

鱼啼叫的声音，软滑细微

它带点自得的对自己的不甚满意

它漫不经心的正步

和有意味的闪失。沉潜憩息

偶尔跃起，查看自己统领的水面

使词句的踏空无可避免

眉宇间的缙云山
——再赠天琳大姐

我又看见了你的笑

昨夜，我又看见了缙云山
向下降落也向上攀升的缙云山

伴着险滩，伴着金刀峡
和曾有的杀伐

一种唯你所有的
微微的笑，好像在缓解，在缓解

我不懂什么叫作胜败
什么叫一切

只有西窗烛，只有诗篇

弥漫，聚焦，闪亮

在你眉宇间。好像在说

缙云山，你原谅诗人

原谅更多的人吧

树上的枝条弯下身子

枝条递出的果实

深深垂下头颅

我是我自己林子里的一只什么鸟?

还真不怎么知道呢

抬抬指爪，转转脖颈
梳梳羽毛，怎么都看不清

画眉鸟。报喜鸟。雌性激素太多
雌鹦鹉因为谄媚雄鹦鹉
才发明出虎皮鹦鹉这个词

嘟嘟囔囔的老孔雀，抻抻尾巴
把落叶打扫得很干净

风把白天引领到夜
有点虚脱的呼哨

把夜推进白天。成排的树影

在光照中成为栅栏

季节去星星周边找虫子吃

那只发出

像被门缝夹了一下的叫声的

又是一只什么鸟呢?

回复程维的《解药》

我与程维素来不和
这次他说没有解药
我非要找出几味。假如
他不肯尝，总得要看看

比如感冒冲剂是感冒的解药
咳嗽糖浆是咳嗽的解药
花朵把树身的激素释放了

比如夏绿蒂是少年维特的解药
维特没取到而已
安娜与渥伦斯基互为解药
疗效却不好

比如通胀是经济的解药

死是生的解药。保质期内

的爱情是爱情她自己的解药

在这个无可救药的世界上

在药片像车轮一样到处

滚动的大街上

闭嘴解救了一大片真理

好郁闷。郁闷的时候

我就把程维的诗

当成解药找来读

舒洁，和那个或许的我

乌泱乌泱的——人，满大街
匆忙迈步。抢先。能插队就插队
被推出来，就翻翻白眼

无论日头，打着旋在脑门上照
还是雨，不住往领子里浇
泡了水的鞋子冒它的气泡

在工位上被骂成狗屎的
在地铁里被挤成相片的
默念着"不想当将军的士兵
不是好士兵"的。其实将军
也救不了肚子，饥饿举着白旗

可没准儿，让好运砸中，跨越阶层
咱吃苦受累一辈子
不正是为那个"没准儿"吗？

"野心家"这个词，打扮一下
可以是"雄心""明天"的别称
保安敬礼，谁知道他在向什么敬礼？

乌泱乌泱的人流间，舒洁和我
隔着马路挥挥手

潮水般涌入的人，鱼贯而入的人
穿夹克的，黑西装白衬衫的
夹或没夹公文包进写字楼的——
总会带一抹笑，和一支笔

诸文员，诸作家。或述职
或检讨，表决心之类。不发言时
便构思自己的心事——做大官

或出大作品的心事——心事

就是绝不走漏任何风声，也可谓

"不可告人"。告诉别人就成了阳谋

阳谋成功的例子，世所罕见——

这群把自己裹得严严实实的阴谋家

"阴谋家"不好听，姑且叫"成熟"吧

舒洁和我，隔着会场示意

心有灵犀的朋友，有时，比远还远

隐匿了作者的诗

曾经我想隐匿自己的名字
可是杂志社说
他们不发表来历可疑的诗作

我想隐匿了自己的名字
让读者去猜，去问，去赌
我只在一边笑

我认为，作者的名字
很可能是一首诗
唯一的败笔，为何不修改它？

程维，雁西，张况
我们成立个诗歌车间

每人三五行，七八句
揉在一起，传播出去

我们四人，可以在其他三人的
开头的前面写，像戴上新帽子
从句子的腰部楔进去
像按图钉一样按上去
或者，把全诗的结尾
画成一台拖拉机的形状

让读者去夸，去骂
我们只在一边拍巴掌

如此绝佳的创意，没被采纳
没被采纳。没被采纳
我把我的有些诗，写了又涂掉
写了又涂掉，写了……
就坐在自家的门槛上

和程维《黄昏驾驶员》一首

程维的《黄昏驾驶员》
写得太好了。这首诗若是
天下第二，没人敢称第一

此诗两幅配图。前面——
《对舞图》。二位风雅先生
均是头大手小袖子肥

一位貌似李逵，挥臂作扑击状
一位面向观众，类乎宋江
双腿矬下去，像被招安

反转剧情？程维正颠覆
《水浒传》？一匹现代的马

成为当年的车夫?

后面那幅——
仨男人围石桌，赏花瓶
瓶中红梅六朵。红梅
像是他们冻红的耳朵

花欲坠落，他们开始慌张

读大解诗作《信使》

对大解来说，西川就像

一个有些贪吃的孩子

爱尝试，边走边自言自语

要在别人无路处试着

自己的鞋子

他的企图赢得了我的尊重

而大解在燕山下看见神灵

他蹲坐，或衔着星星飞翔

所以石头发芽，语言开花

他并不知道神的模样

他的神是与影子

时分时合的他自己

而我是一个空空皮囊
纠缠不已的一堆细胞
充斥翻滚，分裂，孳生
未完成。我的神分布于空中

而我的神已在这里
从来处来，四面八方来，围裹
着疏密适宜，射线，光谱
能量场。物质颗粒，数字排列
宽可跑马，密不容针

或许还有半睁的细眼飘浮
宇宙苍茫尽在他掌握
有序，局部混乱——
的结果是我们造成的

使我无需羡慕、嫉妒别人
——别的细胞容器

想做地球之王的那人

是他的蛋白质和血液循环
出了故障。空间磁场波动
使得他更劳碌，更可怜

我的神不需要祈祷、供奉
你遇见别人，遇见一棵树
一只鸟，你笑一笑，微微点头
你就遇见了你的神

大解认为：陆健对他，对西川
分别进行了污蔑

挂云

——为张鲜明幻像摄影作品配诗

一双大脚

脚趾上刻着十张小脸

无边的行走。快步行走

几场风雨过后

脚印里爬起来九个小人

他们面面相觑

不知眼前怎么回事。他们

也无心追问另外的——那小人

把大脚带到了什么地方

娜斯佳在种一棵说俄语的树

娜斯佳在种一棵说俄语的树

桂花树。在洛带湿地公园

还有诗人音乐家安娜

哥伦比亚的李戈，诗的音符

经常从他的画布上跳荡而出

逐渐成林的树木

色彩斑斓的语言的光晕

闪烁沁香味道，在这块坡地间

带有贵族气质的

妮可·瓦西尔科夫斯基

认真填土，浇水

这是热爱土地的方式

西班牙的洛鹌淄，使我想到

谣曲里的加西亚·洛尔迦

娜斯佳挖掘的姿态

专注且优雅。还有

我在北京多次遇到的唐曦兰

阿根廷的白翼林，英俊挺拔

接连几次，我差点把他

修剪整齐的胡须

安装在一位女士的下巴上

李莎种树之后，用手机

蓄满成都的春天

发到叶赛宁的白桦林里

看来和伊琳娜·特诺娃商量好的

德国的雷震，向她的中国丈夫

摆出一个大大的 pose

娜斯佳正和她栽种的 8 号树合影

她的名字在树牌上

不断感动着诗歌

辉耀着银灰的风

此时有客家人的歌荡漾湖面

也有不知何处的陶埙陶笛

轻轻响起

2023 年 3 月 18 日写于成都国际诗歌周。

写给在"草堂"颁奖会上
偶遇的一位女孩

平静地望着眼前的一切

平静望着今日的天下文章

一个女孩竟有着仕女的雍容

身着唐装的你

仅是个普通勤务人员

在舞台一侧恭然玉立

什么都不如你的发髻盘起

温润的古筝琵琶声

滋养了你的身体

也许观众已经鼎沸

也许，玄宗偷窥子美塑像

在盛典会场角落，以袖掩面

对桂冠不太介意的你

对诵读既不怠慢

也不太介意的你

碎步上前，适时地把一支话筒

从唐朝的腋窝递过来

2023 年 3 月 18 日写于杜甫草堂之第五届"草堂"诗歌
奖颁奖会上。

在五华小学听祁荣祥将军演讲

在五华小学的会议室里
坐了百多位男女红领巾
女孩有的想做诗人
男孩有的想当将军

将军和颜悦色，话语真挚
"要做诗人，先要学好功课
让想象在生活和知识的沃土上
飞翔。"将军清清嗓音

"不想当将军的士兵不是好士兵
同时，当不了好士兵的士兵
当不成将军。我当年就是一个
即使当不了将军也要当个好士兵的

士兵。"将军向孩子们敬礼

孩子们的眼里闪着泪花

遇见苏东坡（四首）

每周一天的宋朝版本生活

像一种病，需每天服一剂药
东坡每周，铁定过一天
宋朝版本的生活

那一天不出门，急差也在家里办
出门绝不开车、乘公交之类
不开电视电脑，需要听歌太太来唱
太太那天的名字必须重新叫朝云
藕色上衣，喇叭口裤，行不摇裙
语不掀唇，为东坡敬茶先唤相公

茶乃刚上市的绿茶，没有井水

矿泉水烧沸——姑且将就

夏日摇扇子，冬天早起，先把

宜兴陶壶洗濯干净。读书

必是线装书，从"子曰"读起

坐姿端正，偶尔摇头晃脑

字正腔圆朗朗出声，午后不食

小憩，然后研墨，用小楷行书

给子由写信，信的结尾附上

一首七律或七绝诗篇

接下来的几天他会感觉比较不错

命蹇乎？命达乎？——黄昏之诗

一些学者，孜孜研究

为什么俺东坡总是外迁遭贬？

直接告诉诸位，不好意思

我伸出手去，是拍惊堂木的动作

我从不吓唬人的。我总是最早到朝

你想想，司马光是什么人？

编修《资治通鉴》的那位

每晚仆人秉烛，秉到双腿打晃

你想想，王安石是什么人？

"总把新桃换旧符"

桃是好桃，难免间杂些青涩

哪如我"三秋桂子"已熟，刚好下酒

皇上对我的器重，呵呵，你懂的

先贬我去赤壁怀古，之后

明明我已到黄州，他政务繁忙

眼睛余光还惦记着我

我一"日啖荔枝三百颗"

他马上闻出味，就馋了，

到底大宋朝出个苏轼不容易

不贬我，我的好诗顾不上写

词牌不来。我的芒鞋

一直走着他内心的崎岖之路

怀王弗

你病时，我看见青草已经放肆地
爬向你的脊背，即使那勉强的
笑意把你的眉眼描画成一尊观音

不信鬼神，我站你身边
我想，"人"在"弗"旁
你也许就好了痊愈了
我落泪，"佛"仍旧是空门

我想鼓盆而歌
而盆面映出涕泗双流
我举杯邀月，嫦娥虽好
更好是你的体温

说过是解脱，说过是升华
三界转换，怀念竟到咱家

苏东坡来到苏轼墓前

让我为他祈祷，为所有
走在死亡前面的人祈祷
为那些保存了名字
却腐朽了自身的器具

风是这样轻易地刮向
一千年前的星盘又刮回来
不着痕迹地停在草尖上

为官学，为翰林院中那些
陈年墨渍，以及封存的猩红大印
为那些平上去入之字词里
的旧相识，和它们试图酿出的新声
月亮，还是意料中地翻盘了

为黄酒，荔枝，红烧肉组成的
岁月的官道，商埠，码头
同僚，频频招手的红船歌妓

泥沙一般的人们，为
被饮尽的江水。文章千古事啊
我的头顶与你的坟头一样高

太匆忙了，道身乃肉身
为遗失的那管常使我拎袖悬腕的笔
我们谁也没盗用过谁的名义

03 第三辑
偶遇的光亮

我称之为光明

王燕生和酒

刚端起杯子，还没到嘴边
他的胃——就已经
准备接受了

头晃一晃，很难懂
这意思是"我没醉"
还是"这点小酒不算什么"

曾经啊曾经，餐桌上
他常常恋战不已，最后离席
先走的人都抱拳"服了，服了"
燕生面色酡红，孩童一般可爱

酒是天下第一位大将军

醉过古，醉过今

我打趣：燕生老师

你起码可以排到第二位

当年才情过人，英俊到

一"派"压京城的程度

我的舌头开始打卷——

水里酒里，他游过了自己的青春

"不喝酒的人有啥意思？"

喝完酒，下围棋

棋势缥缈，大千世界尽收眼底

妙手迭出，常有神来之笔

可惜现在他戒了酒

眼神，眼——没那么神了

那神来之笔——也不怎么来了

要退二线的韩作荣

韩作荣早已从白酒的位置上
退了下来，退到红酒
不能再退了，再退
就退到糖尿病那地方了

韩作荣准备从《人民文学》
主编的位置上退下来
退到书房，写诗，写随笔
不能再退了，退到厨房
郭玉萍大姐肯定不乐意

杂志版面上春光烂漫
长过红高粱，长过山药蛋
韩主编的头发稍稍显得凌乱

有点像菊花在涂改秋天

红色圆珠笔一支支用短了
香烟一支支抽没了
医生说抽多了会有生命危险
韩主编"谨遵医嘱"，十五分钟
抽一支，不停抬手腕看表

绝对地"以质取稿"，或者说
"写而优则发"，基本如此
你可别稿子写不好尽讨编辑的好
只练就嘴上的功夫云遮雾罩

要知道，韩主编抽着烟
早就用礼貌和烟雾
把自己裹得铁桶一般的啦

好老头屠岸

就像不喝酒的人不好写
一样，没缺点的人
也不好写

你说你文章写那么好
你翻译莎士比亚翻译到
几乎比莎士比亚还好
你好意思吗？

当官当得又没毛病
送走老伴，接着在家照顾
五十岁的生病女儿

抽空著作；给来函求教的作者

回信；单单为了

给我的作品提意见

你竟跑了两趟邮局

博学儒雅的屠岸，温柔敦厚

思维敏捷的屠岸

八十四岁了，您就打算

永远这么没缺点下去呀?

终于，智慧的头顶开始脱发

韩静霆画蛐蛐儿

韩静霆画了一只蛐蛐儿
韩静霆再画一只蛐蛐儿
韩静霆画出了第三只
——蛐蛐儿

一幅空前——不知
能不能绝后的杰作完成了
称它为杰作,是因为
韩静霆为这画题款——
"三国演义"

再细看,一只龇牙咧嘴
一只后腿像青龙偃月刀
还有一只分明戴着曹操的官帽

这是站在司马迁的立场上画的
不对，这是站在耶稣，起码
是孔子的高度俯瞰的
这才叫"了得"

眼看着韩老师把这幅
应该送到国家博物馆的作品
直接挂自家墙上了
眼看着韩老师又给我
画了一幅"贵妃醉酒"——

我两岁的儿子问
猪八戒搂着这个姐姐做什么呢?

瞧瞧，这便是韩老师对待自己
和对待朋友的不同标准

谢冕搬家

24 年前我去蔚秀园拜访
忘了住几楼了。反正当时 20 多岁
的我，已经上楼上喘了

楼上得越高，北大教授的身价
似乎就越滑坡。那局促的居室
切割着我的好奇与期待的目光

10 年前我去畅春园探望，忘了
几单元了。一楼真好。架子上桌上
地上门口边，摆满书籍
进屋后我要——蜿蜒而行
就是所谓的"文要曲，人要直"啊？

两年前谢老师又换了房——
自己买的。腰杆硬，说话
声音都提高了两度。可是这北七家哦
离市区实在是远了点，况且，那
公交车怎么老不见影子呢？

有天下午要开重要会议
等儿子来接。一等没来，二等
没来。堵车？忘了？等着
等着天黑了，谢冕老师的头白了

雷抒雁在一天内的三次"野蛮"修辞

　　2009 年 6 月 10 日与雷抒雁、谢冕、吴思敬、阎志诸位在武汉开会，自木兰湖返回途中在农家小院午饭，炎热难当。下午赴汉口北参观在建巨型商业中心的鞋城。

都知道《小草在歌唱》，但
有人不知道小草下面的
蝈蝈也歌唱

爱歌唱的蝈蝈，打着滚儿快乐
不开玩笑就无精打采的蝈蝈

在农家大嫂拎来电扇之后
在谢先生凑近了想要吹风之时

雷抒雁问："谢冕，你是喜欢
吹呢，还是喜欢被吹？"

语言陷阱，让人无法进退
吴思敬先生幸灾乐祸笑嘿嘿

吴先生很快转移了话题
说诗歌，说诗人，诗人分男女
男某某的人品；女某某的篇章
偏偏

谢先生谈到其中一位女士很漂亮

雷抒雁打趣："你这北大教授
怎么这样？人家漂不漂亮
又不是你教出来的，爹妈给的"

偷换概念且言之凿凿
在座的笑得前仰后合

下午参观鞋城之后上车

谢先生回头再望称赞声啧啧

"退休以后租个店铺卖鞋也不错"

"你的'冕'字是帽子

卖帽子才是你发财的最佳选择"

谢先生又被堵得哑了火

本叟之一：韩国亲家

做梦都没想到，和一位韩国先生
结成了儿女亲家。现在倒没做梦
我就坐在他的对面

我礼貌地向他问候，我儿子
把我的话译成英语，说给他的
太太；我儿媳再将我的问候
从她丈夫——我儿子嘴里
接过去，转译成韩语

这期间我的眼睛，盯着儿子
儿媳，最后才转移到亲家公
那里，一直不敢松弛脸上的笑意

也是同样的问候，又从他那儿出发
到他女儿——韩语；女儿到女婿
——英语；到我这儿——汉语

那天我们说了一个小时的话
谈得很亲密。只是时间用得
多一些——三小时。窗外
温哥华的上空，往返着鸥鸟
和飞得很低的飞机

我点头点得像鸡啄米

品评林莽的中国画

"林莽兄啊，我要说你的画好
你不要为了一个外行的夸奖
而得意；林莽兄啊，我要是
说你画得没那么好，也别因为
一个无知者的评价而泄气"

——重要的是
一打开这些画
林莽就珍爱不已地盯着瞅
对自己嘿嘿笑
右手在头顶上弹琴
又像在数着他那梳得齐齐的
所剩无几的头发

文职大校刘立云

上帝总是检讨自己
上帝总觉得自己好事做得不够

我没见过上帝，不知道他
会不会羞涩，但是立云
为什么和人说话总脸红啊
立云你做错什么了吗

我见过的那些人，尤其是坏人
在被发现之前总是气定神闲的

认识立云的那年我们
30多岁，立云见到战友
和首长时都要挺胸

——致敬

20 年了终于有一天我咬咬牙
说立云把手放下
这世上有几人值得你敬礼呢

我没说出的话是：又不是大姑娘
你胸脯挺了也没人看

立云努力想做出一个狡黠的笑
但让人憋气的是那张脸
仍然像立云老家的门板
那么敦厚，那么实在

佩服欧阳江河

佩服欧阳江河，大概不仅我一人

"最后的幻象"尽管极度有才华
也要不客气地清算一回
那已经略显陈旧的唯美

让"白马非马"之"马"
从诡辩术进入诗歌成为
一种思维体操的筋斗

"从一个象形的人，变成一个
拼音的人"包不包括他自己？

"傍晚穿过广场"之后，欧阳江河

那并不魁梧的个头，突然高大起来

"一个人往东边射击
一个人在西边倒下"
西边那人没倒下，而是我倒下了

据说，欧阳江河能根据一篇文章的
某个注释引发一两个小时的滔滔宏论

西川云："欧阳江河的脑子，够使"
人云：转得比轴承还快

若是轴承转得稍慢一点
哪怕只有那么一点点
我就更佩服他了

向李犁同志学习

向李犁同志学习

是伟大领袖说的

"没——没说过!"

那就是我说的

向李犁同志学习

李犁年轻、才华横溢

刚提笔写诗,就登上

国家级刊物。当初在抚顺

李松涛多次表扬。为啥

——啥表扬?松涛也姓李

向李犁同志学习

学什么?评论写得棒。你去

"李犁的热炕头"博客瞅瞅
判断准确，文笔犀利
"李犁鼻子大，一闻味儿
就知道好坏，高矮粗细"
商震刚说完，就挨了骂
"你小子不——不是东西"

向李犁同志学习
朋友有难处，比人家还着急
出钱出力，都没问题
坚持时间观念，别人请饭
他和陆健一样，有时候
比主办方更早到——到席

向李犁同志学习
要态度认真，不断努力
至于李犁偶尔口吃，说
"鱼儿离不开——开水"
我们就不学了。因为
大家都知道鱼儿到了
开水里，会出什么事

陪北塔登占鳌塔

陪北塔登海宁占鳌塔

占鳌塔——内八层、外七层

加上北塔,九层

北塔听完,把扑哧一声笑

喷在他不停摇动的扇面上

北塔那柄从岳阳楼边

带来的折扇,刚要兴风作浪

钱塘江的一线潮就如

千军万马从大海涌来

大海不停用曲线划着它的疆域

壮观、美丽。那姿态在说
这是我的；这是我的

一点不像我们人类
多少有点暧昧，常常
不知所云地嘟囔
我就是你，你就是我

冲在前面的浪像一面土墙推进
墙上无数的门不知疲倦地开合
"早知潮有信，嫁与弄潮儿"
竟然是一群黄头发绿眼睛的
游客，在吟

占鳌塔果然视野辽阔
徐伟锋——不对，是北塔
云彩上阳光在他的表情之间
明暗错落

我说北塔
假如有人现在还叫你徐伟锋

你不会不习惯吧?

　　"当然，诗坛上鼎鼎大名的西川
不也还是刘军嘛！"

评论家张清华速写

张清华笔扫千军

千军之外，一些人

（张清华视而不见的人）

对他颇有微词

只有几位上将首级

目睹过他的卷发

（张夫人喜爱的那类卷发）

但是我们对他

更为性感的胡须不加讨论

你若说他好色

他不一定不高兴

（张夫人是位画家

精通色彩学）

你要说他花心

他幸福地笑起来

啊呵呵呵

全不像面对别人的诗稿

那副凶神恶煞的样子

篡改杨炼

杨炼在伦敦的住所内
有一张很大的挂图
（我眼前出现了
一张人体解剖图）

其实，这张图是杨炼
新近构思的一部大作品
（噢，我似乎看到了
刑天舞干戚的威武）

故事是唐晓渡这样开头的
括号里面是我的现场感受

就像一部交响乐

确定主题（主题先行）

先做结构（就是刚才说的

图表哦）几个章节，部分

呼应整体。然后调动思维

把意象派遣到适当的位置

（按图索骥，或者叫"跳方格"）

唐晓渡的描述，绝对平心静气

陆健的阐释，很可能是恶意歪曲

（我们已习惯歪曲。我们

每天做的唯一的事

就是不停篡改别人和自己）

"那么杨炼，怎么解决

诗歌滋生的自发性问题呢"

"强行进入相应的语境；寻找

等待。更多的，要问杨炼自己"

其实，我也时常这样写诗

比如《名城与门》那本书，比如

《唐晓渡怎得渡》《篡改杨炼》

不过杨炼的诗，往往离伟大不远

陆健则常在人间烟火里纠缠

大官湖的快乐

宿松有八十万亩的水面

我们为什么不去看看？

我们去了，恰逢微雨涟涟

晓雪老师，采风团就数您

官最大，咱们就到大官湖吧

晓雪老师颔首，他的下巴指向湖边

大官湖果然洋洋大观

有道是：此大观胜过彼大官

紧接着

"螃蟹就来看望采风团的同志了"

带网箱的小船靠近我们的大船

没想到谢建平如此幽默

我说谢老师你姓谢真是难得

要姓了螃蟹的蟹——不写诗

你都出名了

那边于连胜先生是否该姓

乌鱼的鱼哪？于先生

白皙沉稳，著作等身

要姓也得姓石斑鱼的鱼比较斯文

晓雪老师那中国第一流的

绅士的笑、君子的笑也开始动摇

不是绅士和君子动摇，是他的笑

和咱这些野蛮人的笑

一起在湖面上奔跑

敢情晓雪老师姓杨，玩笑开下去

说完姓鹿（陆）的迟早会说到羊（杨）

"我明天就回到苍山去吃草"

大家轮流捏着一只个儿大而凶猛
的蟹子观赏、笑闹，辨认雌雄
我说晓雪老师照个相，您先来
大个儿的螃蟹要和大作家合影

谢建平指着我——
陆健你有什么资格代表螃蟹？

徐刚的破敌之术

徐刚有异相。文怀沙说过
文坛异相数徐刚。陆健说过
别认为陆健随着文老重复

徐刚证实：没有，各说了各的

徐刚头颅硕大，头顶中部地区
裸露，较为荒凉贫困
古语曰：聪明绝顶；荒丘周边
头发杂花生树，像是长出一只斗笠

不用化装
那也是武侠剧中的关键人物

陆健，你扯这个干什么？

假如手携一支毛笔，或竹笛
更添潇洒风流，竹笛声中匕首见
绝对的见血封喉

你别居心不良，还是谈我的诗吧！

想当年徐刚九行诗一枝独秀
军旅诗人贺东久还没顾上
为少女们写《莫愁》。嫉妒徐刚
的人说英雄总有老的时候

嘿嘿，正是如此。不好意思

现在徐刚拍马杀入环境文学
的领地，他的《地球传》《守望家园》
花草虫鱼、豺狼虎豹都喜欢

我怎么感觉又变味了？打住！

我话音未落他骂了句"奶奶的

你小子"，然后在我头上

掠掌一击——

这是徐刚表示对人欣赏

一贯的行为和语气，好像

已经在权威部门申请过专利

关于程维的几段论

自从润之多日前

离开那里之后

江西，就数程维诗写得好了

尽管他不善饮

因为医院检验报告单上

程维身体里的好几公升血液

已经全是红酒

程维高度近视，作为

大半生的朋友，他除了知道

我是个雄性

压根没看清我长啥样

但两千年前阿房宫的

一举一动，秦皇内心的

云起云落，却被他描摹得清清楚楚

从老邻居八大山人手边

赊来些笔意，他的圆嘟嘟的

水墨人物，在南昌居民的客厅

市场间四下横行

还有若干，拎着护照出国

访问去了。不料

其中两位路过北京

跑到我《诗坛 N 叟》的封面上推杯换盏

听吴思敬说"比如……"

比如，国家气象局统计，北京
去年的蓝天，增加到 240 多个
想知道原因吗？多数公共场所禁烟
更有部分好同志，干脆自裁了
——不对，该掌嘴——是戒了
比如首师大的王光明教授

首都近来天高气爽，称得上
响亮，这大抵也和人的
心情有关。比如王光明教授
不光名字起得不阴暗，而且
对谁都笑吟吟的，学生们
成绩单上的乌云也一扫而空

现在中国的国际形象有所提高
因素颇多，比如咱们国人
比以往任何时候都注意仪表
比如王光明教授，坚硬的胡楂
每天早早刨掉，下巴光滑如
飞机跑道，无论赞美还是香吻
都不晚点延误

如今和平是世界的主题
为化解东北亚矛盾，王光明教授
跟旅居东京八年的太太学日语
晚上十点一过，电话一概不接
取一勺东海水，一勺日本海的水
泡上家乡的乌龙茶，就和窗外的
世俗空间"撒由那拉"了……

这就是几年来朋友们很少见到的
王光明教授；这就是被吴思敬
妖魔化了——吴先生坚称是
"温柔化了"的王光明教授
反正王光明就比如一块糖

被生活含在嘴里，含着

含着，就被幸福

化了

04 第四辑
绿叶的温暖

我称之为光明

此辑诗歌，是作者为北京广播学院 2003 级文艺编导专业
的学生写的作品。

李翔是怎么考上广院的

这一下子大伙全服了

也许是因为临来北京的时候

同学们在他的新 T 恤上写满了北广北广……

当时爸爸说：考，肯定是考不上的

不考，你又要后悔一辈子

妈妈说：咱家老坟在诸葛亮的

卧龙岗边上，没准能借点仙气儿

李翔就站稳了在南阳城外，一声长啸

喊醒了一千多亩青青麦苗

刚到北京，下地铁的时候

出了事故，一只皮鞋底子竟然掉了

妈妈吃惊——不妙。底儿掉

爸爸不以为然：穿新鞋，走大路

那么多俊男靓女的脸蛋中间，李翔
得到一个幸运考号：A3686

李翔把过去学过的书从车站一直
铺到考场，老师问李清照
问辛弃疾，他对答如流
琴键上流动的莱茵河水跳出了
盖着大红印章的钢琴十级
他还抽空瞥了一眼京通路对面的
学生公寓，师哥师姐们就住在
那两个巨大的学士帽里

专业考试的九天他用自信鼓励了
自己一百遍，料峭的春天里
把手伸进对成功的预期中取暖
跟自己说你要打出最漂亮的那张牌啊
谁也不知道"非典"也正悄悄地包围首都

在等待复试的那天又有一场难忘的雪

校园的松树顶着蓑笠站在高耸的楼前
我将它们变成圣诞老人写进我的
文章中去了，我为成功许了无数个愿
包括高考志愿，但今天我怎么也
无法一一想起——它们已经变为现实
融化在我的血液里

万鹏漫步校园

无数的喷泉升起在学校主楼的前面

雪白的玉兰盛开在东西配楼

拥抱着姹紫嫣红的花坛。往东一线是中国

广播电视培训基地、综合大楼——北京东郊

屈指可数的建筑、图书馆。主楼的后摆

小礼堂、核桃林，一号教学楼与青青草坪

《校歌》中的白杨树，在校学子的象征

播音小红楼传出珠圆玉润的发声

箭头指向央视、省市荧屏诸多的靓影

齐越塑像静静地望着这一切。视听中心频繁地

把世态万相逼真地扮演。千百个窗户朝向

未来一齐打开，千百位老师的头发参差变白

春天就这样踩着时间的鼓点走过来

走到今天，03文编的班长万鹏漫步校园
这个沈阳来的孩子，十九岁，在定福庄
东街一号，第九次第十次把脚步放慢
将母校细细浏览，从网球场篮球场足球场
到课堂到公示栏上数不清的学术活动
他的目光一下子抛向蓝天，蓝天下面
鳞次栉比的楼房有足够的耐心

一万八千名学子，珍惜每一秒每一分
像在明天的编辑机前要编好每一秒每一帧
明天如何？我是出北门还是南门？
信息时代，好像要把世间所有人甩在后面
好像是数字和物质、速度在吞吐风云
两千多硕士，几百个博士，都正厉兵秣马
层出不穷的学问。万鹏想到这儿
有几分兴奋，有一点头晕

王林波的乒乓记忆

王林波四五岁的时候开始学画画
王林波五六岁的时候开始学提琴
少年宫的老师说最好主攻一项
那么眼睛服从耳朵吧，最后画的
那张提琴因此而变了形

王林波十岁的时候开始学乒乓
左手削球，打遍全区小学无敌手
初一时功课成绩有点落后
妈妈说没办法左手服从右手吧
球拍上落下了他的泪水

王林波高中时开始分文理科
他的理化很棒，史地也不错

将来没准弄个爱迪生第二做做

牌友们纷纷嚷着工科太苦

还是文科毕业好找工作

高考成绩王林波得分很高

是上人大还是上北广？跟谁商量

这时候爸爸投了关键的一票

于是他成了定福庄的学生

该哭该笑时还是得选择笑

图书馆的书籍铺天盖地

三辈子也读不完怎不教人着急

契诃夫的《宝贝》、卡夫卡的《变形记》

都说了些什么？一个人和另一个人

为什么我不是我你不是你？

三横一竖两点水

智力一般的人也能猜得出来
这是王冰

我希望全世界的人都认识他
没关系，完全可以不提
王冰的老师是谁

全世界的人都认识他
他得是个什么人物啊
比尔·盖茨、乔治·布什
起码是周杰伦余秋雨之类
反正我希望03文编我的学生
最少有一半出大名

那会不会要等一百年之后啊

五百年我也等，我等成了一个

老妖精

为儿子起了这个名字

王冰的母亲可得意了

虽然上网查询，全地球叫王冰

的人，起码三万多

但王冰与王冰不同，小时候的

王冰与现在的王冰不同

王冰越来越大。这样推理的结果

王冰很快成了一个大人物

我的推理，比剃头师傅的推子都好使

你看电视上，印度"大笑俱乐部"

的朋友们都高兴极了。夸王冰呢

然而王冰表情一直严肃。因为

"冰"就是"酷"的意思嘛

韩国学生朴宪哲

朴宪哲为什么要来北京
念大学？这还用问吗？
总之
朴宪哲是跳伞之后落在
长安街以东的延长线上
落在广播学院的——

说这话你不信我也不信
可以确信无疑的——他是韩国人

啊，伟大的中文，故宫
让人赞美，又稍稍生出妒意

朴宪哲每天钻进汉字里去

抚摩偏旁部首，b，p，f，y，w

晚上才浮出水面

在星星的身边透一口气

朴宪哲那次去银行取钱

把 cunzhe（存折）说成了 qunzi（裙子）

"我来这里找裙子"，把

窗口服务小姐吓一大跳

"湛蓝的天空"，湛蓝？

韩语中没有对应的词

朴宪哲摸摸头，不懂

只是感觉它的发音美妙

湛蓝？好像一个口型围绕着春天

在英文里寻找，也杳无音信

英语国家也没有这么美丽的事物

多亏陈珉柔想出一个办法

你看，湛蓝比湖水浅，像玻璃一样

透明。直观地说，就像你的

牛仔裤的颜色。"真是一个
无与伦比的解释"
边上的同学都笑弯了腰

"中国人真浪漫，一条裤子
都要用天空来比喻。我穿了它
就像在云间行走。妙不可言
中国人真是太幸福了。难以想象"

大话高力士

刘泽洲同学，像个男生，气色平和
虽然不大喜欢体育运动，但是写作业时，
笔下全是英雄人物

比如卫青，比如霍去病，骠骑将军
脸似铜蚀，沙漠帐外，一杯薄酒
饮尽西域的残阳

比如高力士，不是男生，也不是女生
却左手挽着一位皇帝，右手挽着
古代中国最丰腴的绝色美女

他协助贵妃洗浴时，曾经春心大动
幻想自己神勇剽悍，浑身上下

一个零件都不缺。但他回过神来
对着华清池叹了口气

他侍奉玄宗用膳时，又想
天子是人间极品，被大内
包括自己，已经攫为己有

所以他炼丹，功力大进
能将娘娘挂在马嵬坡的树上
他念咒语，舌头一翻
就改变了历史进程

现在的电视剧导演，都是
这样的思路，还掩着嘴巴窃喜
他们不知道
这创意高力士同志早就有过
刘泽洲在读《唐史》第一页时
就已经发现了

测量抵达快乐的距离

快乐，就是快快地乐

抓紧时间乐呀。你知道吗

你不妨欣赏一下耿玉的眼睛

那是一双为笑而生的眼睛

快乐，是很多人

没有找到解决办法的问题

你看耿玉，正用力地在一篇文章里

测量抵达快乐的距离

柏拉图的书中没有，她还访问过

崇尚火的赫拉克利特。只是

尼采过于暴烈，弗洛伊德

他的著作有点"色"

书里找不着，不影响现实的快乐原则

那次"戏剧之夜"，她笑得前仰后合

那天周末，她一下子参加了学生会组织的

"青年志愿者协会""红十字协会"，以及

"愚人社""自由推广社""红蜻蜓

环保社"，脚步轻快得像是第一次乘坐

经过校园门前的轻轨列车

快乐是喜鹊的飞行高度

能帮你发现别人的优点

多了理解、爱、友善，快乐是源泉

快乐就像三根手指头

可以撮起一座楼，快乐能够使快乐者

拔着自己的头发离开地球

比如杨利伟，他就不会沮丧

神舟五号怎么上的天

有推动器，有燃料，也有快乐领着它跑

就像总也不缺乏痛苦

这个世界从来也不缺少欢笑

人的嘴角往上翘起

声音就张开双臂

一块巧克力从嘴到胃的程序

面部的幸福是鼻子到大脑的距离

一个祝愿从熄灯到梦的距离

四年光阴从报到到毕业证的距离——

这段距离是需要用脚来丈量的

朱昭奇想要的大学生活

朱昭奇想要的大学生活不知
发生在什么年代。但
那大学在哪里却是一定有的
有核桃林有白杨树还要有
漂亮的女同学

朱昭奇想要的大学生活在一栋
旧式公寓里，没有电脑，没有电话
只有一台 17 寸黑白电视和一个
长把手电筒，那是他们八个人
起夜时不落的太阳

朱昭奇想要的大学生活，没有
在课堂上张开大嘴狂笑的女生

没有将头发染得像一朵花的男生

偶尔只是几个纯情的家伙

在女孩楼下摆弄吉他，尽管换来的

多数是一盆做自由落体运动的洗脚水

朱昭奇想要的大学生活是和一群

像他一样的热血青年一起度过的

他们会由于饭价太高而投诉，也会

因为老师的水平太差而逃学

和几个抢球场的高个子愤青

用不打不相识的方法结成好朋友

朱昭奇想要的大学生活中的课程是丰富

有趣的，教流体力学的爷爷有一头

爱因斯坦式的狂草白发，讲高数的

阿姨每节课前都会讲一个只能把自己

逗抽的笑话来暖场，谈艺术的大姐会因为

电影中一个精彩镜头而唾沫横飞激动不已

朱昭奇想要的大学生活应该有一辆"永久"

或"凤凰"的二八车，要旧点的、时有"咔嚓"

声伴奏，每天骑上它，带着女朋友穿梭于
校园的各个角落，享受简单的加了一点
咸盐的甜蜜。那个时候朱昭奇肯定是
穿着白色的衬衫，挎一个军绿的书包

唯物主义者魏超

魏超的家乡在山东日照
日照这个地方好得很哪
到处是竹林，随便拔出一支
唰，就把天空打扫得万里朗朗

魏超就往天上望啊，就像现在
望学校的主楼、"学生会"和"博士论坛"
的招牌，望车水马龙，浮世滔滔
天安门和走也走不完的高架桥
日照的天蓝，澄澈，绝无一丝杂质
感动得人直要落下眼泪半滴

十九岁的魏超，面对高考的洪水
望家乡的上方，可爱的云就像笑容

海水的声音也聚集着往高处升腾

海滨的沙滩离数学公式很远
更远的是小时候，自己的来历问题

"爸爸妈妈怎么生的我？"
"现在跟你讲你也不会知道
等大了，不讲你也明白了"
奶奶真英明，今天果然我已经弄清

"为什么说世界上的人全是好人
有人装扮成坏人，是为了让好人更好？"
这下奶奶答不出了，说"你这个小脑袋瓜
还真有点唯心主义的味道"

告别家乡的头一天魏超在海滩漫步
想着虚实有无得失利弊，天空更迢遥
唯心主义，唯心主义。没料到
一块石头绊了她一跤
她爬起来，成了一个唯物主义者

杨茜的宇宙生命学说

某日上地理课，老师讲到地球的结构
杨茜一下子就认定，地球的结构像
一只鸡蛋，地核是蛋黄，地壳是蛋壳
甚至莫霍界面和古登堡界面分别为
蛋壳与蛋白、蛋白与蛋黄之间的那层膜
赤道略扁，两极稍尖，这也是跟鸡蛋学的

地球原先离太阳很近，像个跟屁虫
太阳心想既然如此，一不做二不休
就把这个鸡蛋孵出来算了。孵出来了
地球就在太阳系里翩飞

地球的翅膀很多，树木啊草啊都是
大象狮子小得就像地球身上的虱子

世代繁衍，绿色疯长，从来没有方形
或矩形的事物。不料人类出现，庄稼
被赶到田地里去；除了几根象征性的
装饰之外，树木被发配到山上；还有动物
见人就跑。所以它们联合起来计划生育
人类捋捋饿细的肠子，感觉惭愧了
说那我们也跟着计划生育吧

杨茜最近的科研成果，是发现了
人体是一个宇宙。人体的细胞构成
链状组织，构成器官构成系统
其原理犹如太阳系中的地球与其他
七颗行星。人脸上不是有七窍吗
我们就在眉心给他点颗红痣

反过来地球也是一个细胞
连接众多星系组建宇宙
听了之后我擦擦汗问杨茜
那么你在哪里我在哪里呢
杨茜说老师您现在才知道
我们的渺小啊

文学创作的加减法

我跟大家说过，文学创作

常常遇到加减法问题。比如吴承恩

写《西游记》。唐僧去西天取经

类乎孔子做学问，但他为什么只带了三个徒弟

我们想啊，三藏假如带领

别说三千，他只带七十二个学生向西

呼啸而去，情景如何？文静和她的

同学们哈哈大笑

在这里，吴承恩已经做了减法

唐僧作为主人公，先要确立

但他不会武功，骑了马平安来去又太平淡

加上妖精一群，非把唐僧炖成红烧肉不可

加一个孙猴子，解决了问题也热闹了不少

而他们二人过于正派，缺不得一位猪八戒

——最合乎近日大众审美趣味的角色——

吃肉娶妻什么都热爱，和唐僧孙猴形成对照

沙僧是平庸人物的代表，大家共同

和层出不穷的妖怪作斗争

加上一些神仙，在危急时刻出现

对了，像刚才文静提到的——

加上了齐天大圣的本领有限

加上作者的想象力、故事的左缠右绕

结构、文字，丰富的知识大功告成

不知我这抛砖引玉的一番引导

是说对了两条还是讲错了三条

总之增删人物需根据主题需要

率性而为胡涂乱抹修为不高

一半学生皱眉头一半学生乐陶陶

手舞足蹈

课后，文静交上一篇作文，题为

"《西游记外传》之蜘蛛精"

对几个妖精颇有溢美之词

写得甚好

被观察的假面绿妖

每天早上，眼皮一睁，阳光就把面具

给绿妖戴上了，想不戴都不行

干脆，绿妖就开始打扮心情

绿妖是谁？没人答应

别人用望远镜看绿妖

个头极小，像是还没发育成熟

绿妖嘻嘻哈哈没正形

小就小吧，天下大着呢

别人用显微镜看绿妖

缺点巨大，汗毛跟大树那么粗

打个喷嚏，北京下了十天连阴雨

绿妖无所谓，大就大吧，形象伟岸嘛

别人用墨镜看绿妖
气色不妙，印堂发暗，肝胆脾肾都有毛病
医生的听诊器底下，健康是奢侈的事情

别人用哈哈镜看绿妖，整个一个非正常发育
是美还是花里胡哨，时尚不知道我知道
父母教老师教还是你教，东西南北的风向
没完没了。美轮美奂的人还不是一大堆烦恼

别人用白眼，用八大山人笔下的鸟儿
的眼睛来看绿妖，肤浅，不懂痛苦
没见过她号啕大哭，没见过她对着一个
假想的东西拳打脚踢
"这小丫头片子，没戏！"

在绿妖看来，只有真实的人才有资格
去虚伪。我有点害怕新新人类
绿妖者谁？人们把除了陈维旭这
三个字以外的名字全想到了

五大洲四大洋的人都答应过了

陈维旭在课堂上小声说，是我
绿妖只是我去年以来使用的网名而已

520 六女王国格言集锦

上课铃声就像防空警报，学生们都躲进了教室

某某的外语好极了

某某的外语好急了

六十一分浪费，五十九分受罪，六十分万岁

香蕉人就是满口拼音文字

耸肩摊手表示自己不懂汉语的中国人

考研就像烘烤品牌三明治

外语就是里边的名贵的馅

你想要这个分数

就等于有求于人家

别管人家的刀有多快

咱先把脖子洗干净

——哇，好郁闷啊——

爸爸妈妈用爱把我赶出了家门

我最喜欢做的一道题就是瘦身

她身上的香水味像一阵手鼓的响声奔袭过来

早晨起床去上课像约翰逊一样狂跑

下课去食堂像华尔街股市一样乱跑

到图书馆抢座位像警察抓小偷紧跑

二级计算机、四级英语考试——

让跑你也不敢跑

难怪不及格，都是吃猪头肉吃的

我总是把成绩单和银行存折弄混了

别惹我，烦着呢

——哇，好爽啊

所谓"六女王国"，指中蓝B区520房间

资料提供：倪慎真；陆健整理。

"听说陆老师要写我"

课堂上老师宣布：为每个同学
写一首诗歌。喔喔，我的同桌
新鲜得就要学公鸡打鸣喽。我可
比他警惕性高，什么意思？把我
言行记录在案？用元杂剧老师教的词
当念白——休误了也么哥
（王实甫原话啊）

兵来总有将挡的办法，我马上整整衣领
坐得端正，把带进教室的汉堡与盒装牛奶
塞进课桌里去。多日以来我只化淡妆
我走路迈正步杜绝猫步，说话讲究口型
字正腔圆，目光炯炯朝向太阳升起的地方
对待老师同学彬彬有礼，把脏话统统

连鼻涕一起擤出来扔进纸篓里去

晚上上网聊天绝不超过三点，迟交作业

泡病号刚好四次。这样的进步让我自己都吃惊

我想老师诗歌里的我总得稍稍好些

虽然不是那种永垂不朽

这前所未有的壮举实在太累，于是

我开始挑老师的毛病给自己宽慰。老师

也是俗人一个嘛，我们也应该给他打分

比如他太胖比如他有一副极差的嗓音

我们班比赛田径的时候他没来助阵

他也说过青春无罪哪怕是有缺陷的青春

但是现在他说，你怎么没以前表现好了？

我正准备写你呢，你叫什么名字？

我只好说我叫仲晶，我总不能

把副班长耿玉的名字报给他吧

流星砸了谁的头

去年的双子座流星雨

是让王母娘娘一簸箕

倒下天空来的吗

十几个女生包括杨樱

挤在公寓的阳台上看

那些陨落的精灵，笑得喘不过气来的

精灵都到哪里去了？没想到今年就

得遭报应。穿过《流星花园》飞落

众人头上，杨樱马上有了"流星"症状

症状一：想嫁有钱人

幻觉——身高 1.8 米，褐色长发，名牌

武装到牙齿，开一辆奔驰的男孩，冲着杨樱

微笑。他温柔而霸气，任性而体贴，综合了
F4中所有人的优点。在慢镜头中，这位王子
使杨樱成为古往今来最幸福的公主
——这是不可能的。杨樱在铺位上只用
一个翻身的时间就治好了如此病症

症状二：不想当个笨女人
寝室——同学正打牌。谁输了谁去阳台
大喊一声"我是笨女人"。谁不想赢呀
就是说谁想当笨女人呀。其实电视剧里
女主人公杂草般的精神，抗争恶势力
越是在艰难的环境她越坚韧
——这种"笨"，谁说不是大智大勇
把幸福幸运带给自己的朋友和亲人

流星砸了谁的头？
那么多光线在杨樱和她的同学脑海里
漂游。她们不再说，让世界上的一切
好处都到我的享受中来吧，不再说
笑都是给别人看的，泪只是为自己流
对面楼上的男生们，闲了的时候也和
流星碰碰头

和林一迅的一次课间谈话

我们班的同学还是蛮好的

要看主流大方向，所有事物的长短

都三七开呢你说是吧

A 班学生 b 经常装病不上课

C 班同学 d 替缺勤的同学答到

我们班的同学就没有；E 班学生 f

把高中的作文拿来交作业。"非典"时候

谎称某同学发烧使别人厌恶的

我们班的同学就没有；像 G 班学生 h

把老师手机铃声设计成狗叫、给系主任起外号

半夜回宿舍楼保安不开门，她用口香糖

糊住锁眼造成第二天大家迟到的

也不在我们班上。要是这样的学生

我就不表扬他了；还有往同寝室成绩优异

的同学暖瓶里放泻药、四级外语考试

打小抄被开除、故意把来访的同学家长

领进男厕所的。噢，男家长，这个不算

女生染爆炸头剃光头把指甲染成十种颜色的

因为嫌父亲寄钱少要和家庭断绝关系的

冒充高干子女或富豪后裔到处借钱的

啊，借了钱谁还？断了关系岂不是断了经济来源？

更有甚者，大谈当记者吃香喝辣拿红包风光

无限的。这些都和我们这个先进班集体没关系

我们班同学百分之九十九是好的

（老师您这不等于没说吗？

我们班一共才 34 个人）

没说最好，你们就当我没说好啦

（老师，师母说我们做的错事加起来

还没您一个人做的多呢）

她说可以，不过我不是每天都端着

笑脸对你们，把坚硬的脊背对着别处吗？

任子明给某老师画像

我叫任子明，文编一年级
事先声明给某老师画像是陆老师出题
假如存在不妥您找陆老师去
同时我绝不说出某老师姓蓝还是姓绿
他的出身学历爱好长短以及脾气

咱这位老师一大早，先对上学出门的孩子
行注目礼。刷完碗，拎着书包走出公寓。哦
做饭围裙还没摘。转回家，哦，眼镜又戴错了
他走进教室，用脚把上课铃声抹平，眼光
往台下一抡，就领我们进了好莱坞梦幻工厂

名教授就是不一样，连史泰龙、梦露喜欢
哪个牌子的香水都清楚。大导演都是

有败笔的，没有缺憾不成其为名著。老师

是"海龟"嘛，留过洋，外语超过笔挺的西服

在美国洗过碟子当过侍应生开过公司吃过不少苦

老家湖南农村祖上三代务农，他的嗜好是

大葱蘸酱京酱肉丝和骆驼牌香烟每天两包

煲电话粥发手机短信背诵汽车修理手册

夫人在学校外事处工作儿子在芳草地小学

——刚回中国的时候不懂中国话只会英语

吃饭只吃汉堡包肯德基一吃中餐就拉稀

小朋友给他起的外号叫拖拉机

有同学说神了老师的上上下下里里外外都被你

研究仔细。哪里哪里这只是不完全统计

有同学说你大概最适合的职业是侦探

任子明得意非凡：谁说咱文编毕业了

只能当导演编辑记者电台电视台台长

咱们适合从经济到法律到美容美发外语

外贸一切领域无论做什么只要天下有的

咱们都准保做他个天下第一

颜杏杏的小说

颜杏杏喜欢她的故事发生在杭州
再具体些，不是西湖边的茶社
就是钱塘江边的高级排屋。叙事从容
亭亭玉立的全是她心仪的女主人公
及腰的长发，神似混血儿的漂亮脸蛋
年纪在十八到三十岁之间。男子应该
没有不良嗜好，女子要么讨厌香烟
要么抽摩尔，必须是咖啡色的
站姿是"斜靠在车门上，修长的右腿绕到
左腿后面，用高跟鞋的鞋跟抵着车的底盘"

颜杏杏的小说多数是两人世界
男孩帅气，高个宽肩膀，衣着讲究品位
女孩即使在心里骂他也带着几分亲昵

他貌似冷酷绝情其实真挚似火
为了女友的幸福和那一大把前途
不过已婚的男人却没有这等幸运
他们只是一个影子，虽然有钱也有良心
留下别墅和丰田汽车以及日式的家具
女人先是抱着枕头泪水涟涟，然后
在悠闲中向着远大目标奋勇前进

颜杏杏的小说开头就切入事件
结尾总是注意留有余味，细节描写那是
没的说的，我用变幻的魔方形容其结构
语言轻松流畅，意象疏密适度
精美的比喻总是恰到好处。对了我忘了
小说主人公的取名那叫奇特
作品的不足之处我先不说
主人公们言必信行必果
他们下了飞机就上汽车。而
颜杏杏的写作速度比这还要快得多

我们离北京有多远

在秘晓荔提出这个著名的论题之前
大家确实还没有考虑过

这是不用求证的嘛，我们本来就
生活在北京嘛
SORRY，我们假如只在它的地理
概念上纠缠不清，就把问题浅表化了
哲学，不，玄学命题
但它同时又是现实问题

七嘴八舌的声音，让秘晓荔想起渤海湾
她见过的那七八只海鸟，说着天津话
辽阔海面，有些空空荡荡
为迎接北京的风沙，她早早备齐了

润唇膏和眼霜

梆子井，离天安门十五公里
你干脆说一万五千米、四万五千尺得了
心灵的距离是天下最远的距离
瞧瞧，这话还有点儿意思
如果我们不曾深入到生活的具体部位
我们就永远只是一个旁观者

比如在流水线上作业，比如在芳草地小学
教书，比如驾驶大一路公共汽车

是的，不仅北京遥远，哪里都遥远
还没学会劳动的人总是赤手空拳
但是慢慢会近一些的

但是世界，不知道你是否
像当年接纳我一样——对付这些孩子

手机口红高跟鞋和愚人节

卫媛的手机是 03 文编功能最多的手机。是吗？
索尼牌，接听电话、发短信、看标题新闻
交各种费用、读取不知道什么人做的广告
照相，虽说只有 150 万像素。全班 34 位
兄弟姐妹，都在这手机的屏幕上做过鬼脸

卫媛的口红却并非世界最高档的，牌子保密。是吗？
据说了解了姑娘的口红能推测出有关她的秘密
她学政治经济学的时候抹口红而读外语时不用
素面朝天时外系同学认为她像某位电视明星

她对高跟鞋可以说有很唯美的见解。是吗？
尤其对中国女人，功效奇特，挺胸收腹提臀
把性感提高到崭新的水准。那笃笃的声音

美妙悦耳，大公司老板用它缓解男职员的压力

一百年前从思想解放开始，中国女人丢掉裹脚布
撒丫子飞奔，不仅快速地追上了时代
还创造了百分之八十怕老婆的男人。OK

无论游泳滑冰长跑国际象棋还是篮球
无论相扑击剑还是孙雯凶狠的射门
就说 03 文编的花名册吧，26 女 8 男——
沙市日化才一比四嘛，那是洗衣粉。

这时候
就显出了高跟鞋的设计者高别人一筹，使女人
增加疲劳感以防女人的脚步力量过于发达
由此女人也获得了适中的体型和风度的优雅
省得女大男小女高男低哎呀呀
叫那些火星人笑话。是吗是吗是吗？

卫媛见我这么写她气得噘起嘴巴
说您看我运动鞋小背包乖乖女打扮
您这些话正好和我相反，我要到院长那里控告

哈哈，您说的都是反话，今天四月一日是愚人节呀愚人说的话我总不能当真吧？

有关未来职业的似梦非梦

做过一千个好梦曹雷才长成了
现在这样的笑模样。你知道她的
第一千零一个笑是为什么吗

毕业了，曹雷有了摄影师一样
精准的眼神，主持人那般伶俐的口齿
她一出校门，就被 CCTV "劫持"
进了复兴路 175 号

什么就业难啊，走后门啊，都像是
八百年前外星球的怪事

部主任漠视、制片人训斥、同事挤对
从曹雷进台的前一天，此类现象已经绝迹

做坏事的人尤其知道害臊

就是忙啊，她左手打灯右手摄像
在回台里的路上编好片子，送审，填播出单
报表，接听省级台领导的电话

"得大奖？全靠大家帮忙。我请客"
"送红包？这是不正之风。不要不要"

噢，忙啊，回家。车开得飞快，电子警察
都拍不到她的车牌号。电话急催
又回返机房——后期制作三小时
再加一个贴片广告，困得她
站在那里睡了一小觉

而驾车回家的路上已行人稀少
大片高楼惺忪睡眼找不着
家里的电话号码忘在家里了
车后座上的波斯猫正在搞乱她的电脑

正着急，上铺同学大喊起床
上午的英语课有随堂小考

眼镜和看不见的事物

正当我用电话向谭冬雪催交作业
的时候，谭冬雪正在北京植物园

班级活动。我仿佛看见一片镜片
的光在闪，在和植物们交谈

课堂上，眼镜的数量超过三分之一
知识的滑动，也许在玻璃上更为敏捷?

那些无论戴不戴眼镜都不容易观察
的事物，比如钱，需要一个及物动词
来支配。花钱嘛。比如信心，谭冬雪
怎么知道自己的作文写不好? 我听说

她在网上涂鸦，散文随笔点击率挺高
精神负担会给人戴上眼镜再蒙上眼罩

总不能一蹴而就超过鲁郭茅巴老曹
比如未来，我们也看不到，它太重
也太轻微，薄到透明，不如一个响指
不如一阵风，不如一根现实的小指头

它的教导谁都不听
最尊贵的往往也最遭辱慢欺凌

也许世界穷得——就剩这点道理了
我重复的这些，一个孩子就能否定

05 第五辑
回望的眼神

我称之为光明

此辑诗歌，是作者为自己当年插队所在地——河南方城县田楼村农民朋友写的作品。

老实头传奇

田楼人都知道这个故事

别的方城人对这故事也很熟悉

到底故事是从别处传来

还是田楼的故事传到了别处？

老实头和他的老伴，膝下一女，小名瘭妮

一家三口，有好多事迹，我们只举一例

那是一个雨季，院子里的厕所给淋倒了

老实头就趁天刚放晴，备足料，和好泥

准备建造一个新的出恭场所；老实头老伴

也颇守妇道精于女红，忙着织布纺线

快晌午，瘭妮问："做啥饭？"

老实头在厕所里应声："吃捞面，方便"
老伴在纺织间补充："没馍了，多和点面"

过了一阵，瘘妮在厨房喊："面太干了"
厕所的声音——"干了加水"
一会儿，瘘妮——"面又湿了"
"湿了加面啊"老伴连忙指点

反反复复，半尺高的
外陶内瓷的大面盆里直冒尖，这可咋办？

"老婆子，你放下手里的活儿帮帮瘘妮"
"老头子，我被缠在线团子里了走不成
你快去看看"；"我要是能出来我早就去了"
瘘妮这时两手沾着面出了厨房，解下围裙
手搭凉棚一看不打紧，气得直晕

父亲把自己砌在厕所里，厕所没留门
纺线的老娘把自己绕成了线蛋蛋
正在满地滚。看官诸君，您说说
假如不是田楼，您上哪儿去找——

这么神的人？

注：瘘——傻。

八队知青

自从知青来了之后，田楼的小伙子们
开始穿拖鞋了。拖鞋——布鞋、球鞋、胶鞋的
自由化表现：十个脚趾愿咋伸展咋伸展
舒坦。妮子们则纷纷让知青
从洛阳给她们带发卡和镜子

我们屋的镜子长方形，双印（瘦）
喜欢横着照；海忠（胖）喜欢竖着照
两位女同学，住村东头
我不知道她们怎么照

海忠，就是高中全班开会时踊跃发言，揭批
"帝修反想把青少年引上牙（邪）路"的那位
好似生来会干活，无论锄地割麦扬场拉车

双印性格激烈，嘴绷着，干啥事有股子拼劲儿
王琦喜欢背着铁锹伸长脖子唱歌迈鹅步
最初那些天我收工时总是累得要背过气去
李平摇摇晃晃比我也强不了多少；王志瑶
大家都佩服她的吃苦能力和朴素

收工之后，海忠总把他的铁锹打磨得锃亮
像警匪片中的人物整理他的武器；王琦
的脑袋扎进一个歌本里，嘴里呀呀咦咦
赤脚医生志瑶开始走家串户为村人治病
我慢条斯理记笔记，为将来写小说当作家
搜集资料；双印一般是先吸一锅烟丝
再扶着胃部，打开放在窗台边的氢氧化铝

煤油灯亮，早上所有人的鼻孔黑黢黢
煤油灯明，夜晚茶杯中落了一层小蠓虫
说不清什么原因——早晚两次，从
"东方红，太阳升，中国出了个毛泽东——"
到"从来就没有什么救世主——"

美气

双印总把脸贴上整个知青组唯一
的他那台海燕牌的晶体管收音机

注：氢氧化铝——治胃病的药物。鼻孔黑黢黢——煤油
灯罩上面冒出的黑烟污染空气，所以人鼻孔发黑。多数
昆虫有趋光性，所以灯下水杯最容易落下蠓虫。我们插
队那几年，误将蠓虫当茶叶喝的次数相当多。

老插的业余生活

上工回来吃过晚饭，陆健开始
学习吸烟，不吸烟算什么男子汉？
没想到从此变成烟囱，冒了三十年

吸烟还是初级阶段，得会喝酒
划拳猜枚：一枝花、哥俩好、五魁首
没有商标的方城老白干。五毛钱一瓶
找根萝卜洗洗切了，撒点大粒咸盐
每人一斤，眼都不眨。当然喝醉了
睡死了也不眨眼

也难得有酒喝的，打扑克翻跟头
倒是不要本钱。二尺半直径的小圆桌
四人打对家，输者仰躺在桌面

手扒桌沿，双腿一举，恰似金猴翻转
稳稳落地，三翻过后尽开颜

假如人手已齐，陆健提前退阵
躲到那个用黍秸扎、水泥抹的小桌前
煤油灯下记录白天搜集的对联、谜语
传说、风俗和农家故事

翻开毛主席著作，陆健能从头至尾背一遍
从洛阳家中偷着带来的《修辞学发凡》
借了洛阳三中语文老师苏广超的书——
他怕别人借书不还，把溥仪的
《我的前半生》拆成两半
所以陆健把溥仪的四分之一人生
翻得边儿直卷

然后就跟过足了牌瘾的哥们儿
抢刚才大家扔在地上的烟头
不管想不想抽，都要很优越地
抽上几口。也曾经半夜跑到村外
学狗叫，学狼嚎；也曾经潜入

十里八里外的村子偷鸡打狗
把稻田里的青蛙捉光了煮着吃

就这样一二三四年，海忠、玉琦当了兵
双印招了工，陆健到北京待了几年
教书，吃饭。他写的诗卖不了钱

陈八叔

在田楼时我跟保臣拍过

陈八叔太死筋，你最棒的劳力

一天十分，才挣 2 毛 7 分钱

等于五个半鸡蛋不到

弄啥那么认真？

保臣说"八队有发堂

多打千斤粮"

一年每家多分几十斤哩

如今八叔穿着儿子的蓝中山装

微微驼着背出来迎接我了

并且一下子就认识了尹嘉明

手里的照相机

那时候都愿意和八叔搭伙干活
扬场垛麦垛，他一个顶两个
整莲菜池抬石夯，你稍一使劲
夯就起来了，别人省力得多

那时候都不愿跟他一块儿干活
经常忘了收工，大家肚子谁不饿？
"谁不饿叫他一天只吃两顿"
半晌歇会儿他不歇，说我慢慢干着
权当是歇着。他身上的肌肉
好比地里土坷垃的颜色

知青地锄得不匀，他啥也不说
走过来看看，自个儿再锄几下
也不说是示范动作。让我们的薄面皮儿
脸觉得没处搁。他的奖状有啥用
不如去引火烧锅

现在他八十多了
分队了，该给自己干，干不动了

腰硬了走路两手直摇摆，还是闲不着

在地里，在家里，摸摸索索

注：死筋——固执，不灵活，不肯变通。一天只吃两顿——
骂人话，牛一天喂两顿。坷垃——土块。分队——改革
开放以后，实行包产到户，原来的生产队取消，建立村
民组，当地谓之"分队"。闲不着——着，zhuo 音。摸
摸索索——迟钝状，形容做的是零碎活儿，动作慢。

发松和七万八千根火柴

发松的烟荷包总是瘪的
地头上，别人想挖点，没有了
他自己拿着荷包一抖搂，还能吸一锅

发松从来不带火柴，从来是借火抽烟
两个烟锅子一对，合成一个铜疙瘩

上午两袋烟，下午烟两袋
发松节约了四根火柴

发松做饭，每次都到发堂家引火
小碎步紧跑十几下。这样一来
每天又节约三根
让人心里那个美呀

按发松当家三十年计算，省下
七万八千根火柴不用，虽然只值十几元钱
只够买一对挑水的木桶

可是，七万八千根火柴是一棵大树啊
发松节约了一棵大树。打个寿材都够了
不打寿材就更屹对，更简便。当然
这种计算方法，是我有了环保意识之后

可是美德有时候是很危险的事

比如那回引火，引着了厨房檐下的
一件蓑衣，差点把五间草房全烧掉

注：寿材——棺材。

发强养老

我们称他十一叔，因为他和发堂同祖同辈
以前爱和知青比个子，极其强壮
给队里干活，肯掏力气。之后，尚有余勇
推场上的石磙，将一把桑杈抡得飞转
嘴里念念有词——青龙偃月刀。青龙偃月刀

咔——桑杈折了。他说，这会儿桑树上化肥
桑杈糟，不结实。他握拳曲臂，观赏自己的
肱二头肌，动作有些夸张
好像再用些力，六月天就能飘下雪花
好像大鱼大肉，就往烧开了水的锅里爬

转眼已五十岁，仍然是后脑勺上的旋
如夏季的菊花开得散漫，转过脸来

皱褶——也像仲秋的菊瓣儿横七竖八

发强在我们回城后，娶了个瘦弱媳妇
恩爱若干年，她死了，发强像捧一只
热红薯一样把女儿捧大。女儿刚成人
就换一双新鞋，一窜烟儿——到南方打工去了
每月按时寄钱回来

发强留守在家，有一搭没一搭
比画比画庄稼，只等着当老丈人、当姥爷了

"一个人吃饱，全家不饥
你瞅咱的日子过得得劲儿不？"
说完顺手从兜里掏出红塔山

抽出一支，象征性地让让旁人
用塑料打火机轻轻为自己点燃

注：得劲儿——舒服、合适。窜烟——急忙、慌忙跑走。

270

好人田振武

好人田振武，人家没长癞痢头

好人田振武，人家穿过劳动布

"看着怪孬，不值一块"——

那是日本化肥口袋做的

颜色染得再重，也能看见

后背心上"尿素"俩字

运全说振武这布衫子这么脏

你不嫌刺挠啊，咋不换换？

"没替换的"

你家要是再盖座楼啊，还没裤子穿哩！

红薯刨完了，好人田振武

把薯秧挂到树上，晒干了烧锅使

也去平顶山拉过煤，来回三百里
脚起泡了，嘴起皮了，架子车把弄折啦
振武的白多黑少的眼泡子，直往上翻

土地爷吃蚂蚱——大小也是个荤腥
振武独身一辈子，没沾过荤腥，而并且
从来不跟嫂子们开黄色玩笑，从来没被
脱下裤子，裆里塞进一团泥巴

好人田振武，从来不长资本主义尾巴
——搞小自由，放自家猪拱集体庄稼
好人田振武，干活从不偷奸耍滑——
装粪，专门站到粪堆两头
见到装车的劳力多就带铁锹
见到使三齿耙的劳力多就带三齿耙
振武说：睁着眼尿床的事，咱没干过

他干过什么？大伙儿都忘了
我这次回田楼，没见到他。但我听见
他在土里翻了个身，嘟嘟囔囔道
　"你们作家写文章

都是王八卖笊篱——鳖编的。"

他翻一个身，心满意足地呼呼睡去

注：劳动布——一种布料。尿素——"文化大革命"时期中国从日本进口的化肥，田楼人把尿素袋染黑做衣服穿。供销社零卖化肥剩下的袋子也用来出售，五毛钱一只，所以有"看着怪瘪，不值一块"的说法。剌挠——皮肤发痒。折——"断"的意思，当地读"she"音。而并且——而且。小自由——"文化大革命"中农村个人在自家后院种几棵菜，在水塘边种几支藕，鸡吃了生产队的庄稼，卖几个鸡蛋，都有可能被称为"小自由"或"资本主义尾巴"。睁着眼尿床——知其不可而为之。

能人张景宪

能人张景宪，最爱帮人解决问题
比如说教人找废电池塞老鼠洞
比如说出个偏方治气管炎治痢疾
比如同事买香油怀疑有假，"那你
拿筷子蘸点油点着火，香油噼啪响——
里头肯定掺了小米粥"——就像
当年阿基米德识破金匠的奸计

能人张景宪，最爱帮人解决问题
比如说大队兴修水利，人多饭少
怎么办？他教人先盛大半碗
吃完赶快去添——果然很灵验

那回年轻教师交团费交了一把钢镚儿

让领导狠狠日嘛说太不严肃

团员委屈，说这钱又不是我造的

巧得很，景宪批改作业就在旁边

"你要是交纸钱（币）更不严肃

没准定你个右倾、托派或者特嫌

你得先请示是交一瓶醋三尺布还是

两包盐"——领导气得没法应对干瞪眼

有人说这叫"仨钱儿买的俩钱儿卖

——你个贱货"。他承认别人对他的评价

是"1加1等于3，接近正确"

他教语文、理化、英语和哲学课

给大家讲母鸡孵鸭蛋为什么孵出了鹅

"有个孩子，他妈咋生他都生不出来

最后从肚脐眼儿里出来了——

知道为啥吗？想走近路啊"

从此"走近路"成了抄袭作业的代名词

能人张景宪，最爱帮人解决问题

可他自己的"民办"问题总也解决不了
他退休的那天，山高月小
寝室里正好憋了灯泡
他摸黑儿信了基督，不哭光笑

注：日嗷——骂。

海县长

田楼的乡亲们只知道两个好官
一个是包公，另一个就是海县长

电视报道中的人物，很可能他们
当成电视剧看了。比如任长霞
他们就说过，那女公安局长演得怪好

他们坚持认为萨达姆根本就
没让布什抓住，还在指挥作战
监狱里的萨达姆是个替身演员

海县长，一提到这个称呼，田楼人
就纷纷举手拥护。为什么？三条

一，一个田楼人那次晚上从街上回来
看见某人正蹲在路旁丈量马路的宽度
后来才知道
国家要按公路占用农民的耕地面积
进行货币补偿。黑黢黢的夜晚
田楼的百姓明白了县太爷也不好当

二，海县长把方城报上了省级贫困县
关于这一点，田楼人以前没有概念
另外说，露头不露腚、露香不露臭
历来关系到官员的升迁
可是现在田楼享受到了贫困地区政策
老百姓吃饭，一块面啦

三，海县长家在县城，任谁都可以去
他家客厅里，十几个木墩儿摞在一起
来访者谁坐谁取。喝点茶，甭时急
竹筒倒豆子，意见尽管提
海县长一边听一边记
他当政那几年，方城确实有进步

海县长退休了，在家伺候瘫痪的老伴

那张中间挖了圆坑的木床前，侍奉吃喝拉撒

用心很专，不亚于当县长时的任劳任怨

注：海县长，海广仁，1980年4月至1984年4月任方城县长。任长霞——河南省登封市公安局长，因车祸殉职，中央电视台评选的2004年度法制人物之一。一块面——小麦面，又称好面。

司三娃家鸽子

司三娃家的鸽子吃馒头渣、红薯
嘴边的皱纹一边深一边浅。他说着
城里他的一条船家的鸽子
爱吃方便面，生的熟的都吃

小外甥女用妈妈的口红把白鸽子
涂成红色，在天上打旋，引得
行人驻足观看

"蛇吃鸽子。知道不？把鸽子
缠起来嘴巴套住鸽子嘴，一吸，
把鸽子血全吸干了。提起那鸽子
轻飘飘的"

三娃从小不怕跟蛇打交道

比如说奶奶不让他下河摸泥鳅

他说，"泥鳅的洞是扁的蛇洞是圆的"

蛇吃鸡吃扁嘴吃鸽子的事，在田楼

经常不断

"在咱家，从来没有发生过那号事"

"三娃好逮蛇，蛇不往他跟前来"

三娃坐在门槛上，头也不回地

向后扬扬手臂，被惊起的鸽子

像他伸出门外的巨大翅膀

遮住不少门里的光线

注：一条船——连襟。

农民工李小四

农民工李小四，去山西挖煤

捎信说要探家，忙坏了小小四他妈

又是梳头，又是洗脸，肥皂用了半拉

头晌等没回，后晌等没回

一直等了三天带拐弯

小小四念白

爹呀爹呀回来吧，扁食脓到锅里啦

爹呀爹呀回来吧，大块子肉热了几回啦

李小四不是不想家，煤窑老板结算

总是拖拖拉拉；他在途中上车下车直琢磨

一辈子见的钱也没这么多

将来没钱可咋过？磨磨叽叽

在郑州西流湖的石头底下藏一个存折

在南阳公园的大树旁边刨个坑

塞进一个存折；方城百货大楼外面

墙根的老鼠洞里塞一只饮料瓶子

又藏了点儿，然后

将一脸的春风，全给了老婆孩子

媳妇扯衣裳的钱，不算啥

半年的油盐、酱醋，小意思

小小四的学费书本费又涨了

比孩子个子长得还快——

能吓着旁人，吓不着小小四他爹

行房之后媳妇说

"死糟头！你一走半年

咱这是旱的旱个死；一回来

这几天涝的涝个死"

她柔情似水，小四真的舒坦死

其实小四只舒坦到半死

离开家之后媳妇发现

小四天不明走的时候

又把给她的钱偷走了

把她哭得要死要活

　"这个钻监，这个校炮贼

叫俺这日子咋着往下过"

一个星期之后她从电视里看到

李小四下井的煤窑瓦斯爆炸

老板失踪，工人无一逃脱

注：脓——胀烂。磨磨叽叽——磨磨蹭蹭，不情愿。钻
监——钻进监狱，指罪犯。校炮贼——古代用来试炮的
犯人。

梦谦和他的母亲

　我的好朋友梦谦从部队回来探亲
给了他母亲二百块钱
母亲却把钱撕了扔进火膛里了
那是二十年前的事

那时候二百块可是一笔大钱
梦谦攒了三四年。只因为一句话
正在烧火做饭的母亲泪如涌泉
看着那些纸币在火的舌头上一卷
就给舔没了

二十年前，儿子说出这样的话
母亲没想到；母亲烧了那钱
同样出乎儿子的意料

二百块超过了当时家中

除了草房之外的全部财产

母亲放下手中的柴草

抹着被熏得流泪的眼，快步走出去

比那时还早二十多年，那时

两个妹妹和弟弟尚未出生

两个哥哥一个姐姐骨瘦如柴

全家人吃刺角芽，吃榆树皮

吃苞谷芯熬成的糊糊。全家人

都解不出大便来脖子伸得老长

父亲在舂苞谷芯，日头已经偏西

梦谦饿极了，抓一把就塞进嘴里

父亲一巴掌打过去，小儿子摔倒在地

"这存心是想饿死小的保大的啊"

隔壁二姆领上他，挖芦草根吃

还有大雁屎，那是老百姓蒸来吃的

要熟着吃的啊，五岁的梦谦，在地里捡着就吃

大雁往水库飞翔的声音是救命之声

肚子疼，满地打滚，医生给了药
拉出一大堆蛔虫。真是奇迹，他没死
后来母亲一直歉疚、流泪。她四十岁
眼就花了，不全是柴草熏的

后来哥哥姐姐，还惹老人生气
婆媳关系等解决不完的问题
那天梦谦只说了一句
　"当年还不如饿他们
叫我也多少吃点苞谷芯哩"

说完当时他的肠子就悔青了
他大半生犯的错误加起来
也没有这句话犯的错误大

海亭与乡税局临时工说说理

张海亭，遇事认死理，官话叫"叫真儿"
当地揶揄为"刁蛋"；城市流行称呼"愤青"
其实都不是什么很不好的名号

往小处说，村干部要是行得不正
他马上站起来顶；往大里说比如
敢挑 CCTV 的毛病。他说
《新闻 30 分》凭啥叫三十分钟？
明明它还插播两分钟广告哩
叫《新闻 28 分》还差不多

那回本来不是他的事情
通往二郎庙的村口路上一个老农
架子车挡了一辆面包车的道

下来一个穿制服的老几牛哄哄

"让开让开咋这么没眼色？老土"
海亭看出他不在税务局正式编制
心说八成是税务局招来的临时工
"你对这老叔客气一点中不中？"

"用你狗拿耗子多管闲事？"
"事不平有人管，路不平有人踩
你是个临时工，就敢欺负老百姓？
这几年连省长说话办事都讲人性"

"我这个临时工，就看得出来你这辆
自行车没有交税办牌，我就敢扣车子"
"你扣扣试试"

"带自行车证没有介？没有？
咋能证明这车是你的？"
"你带身份证没有介？没有？
咋能证明你是个人？"

"你撅人？妨碍执法公务

我到车上喊人过来捆你"

"你敢捆我，我就敢搋死你

找不着你，我去整死你全家

你龟孙胆子大的话你就试试"

我告诉你我姓甚名谁家庭住址

我啥职业？我是个农民

农民也是人。你再能再浪

也是一个脑袋俩蛋子儿

个子再高手再长

也是离地近离天远跟我一样

说起那次的故事海亭仍怒不可遏

文运问那人长得啥样没准我认得

那人胖得颧骨上耸起两堆红肉

侧面望去，像是长了三个鼻子

注：刁蛋——认死理，不服输，调皮捣蛋。老儿——某人，
含贬义。没有介——"介"乃语气词，并无具体意义。

铁头不是铁头，是铁嘴

铁头啊，你不是铁头。你要是铁头

小时候就不会让老鼠咬掉半个耳朵了

嘿嘿

铁头啊，脚咋的瘸啦？要是不瘸该叫

铁腿了吧？或者叫铁拐李？那可是神仙呀

嘿嘿！我跟你说，人家大城市的人

都这么着走路

看你这么走路，我都觉得累得慌

把两条腿搭到肩膀上，走走试试，保你不累

铁头，你这烟丝怪好吸的

俺自个儿调的味儿，加了酒加了小磨油

你还怪有门儿的嘛！

麻脸照镜子——是我的个人观点

烧包得不轻。还是有钱好。花到哪哪美气

你花钱买根钉子，钉进你自个儿眼泡子上

看你美气不美气？

哈哈，你嘴巴子讲点卫生中不？

你讲卫生？你上茅房的时候

咋不把嘴巴摘下来挂到墙外头？

不跟你斗嘴，俺甘拜下风。再问一句

你家待客呀，你钉这么多条凳？

那是哩，俺多准备几个凳子

客人们都带着屁股来

注：烧包——得意状。

和四哥说大哥

"寿限到那儿了，谁也拦不住他"
说这话的是建华，当年的民兵营长
他说的是他大哥——政治队长建平

床边"身体安康"的祝语没有拦住
领导的多次表扬没有拦住
过年时，连石磙上都贴着吉祥词
"白虎大吉""青龙大吉"

父亲是牛把。牛屋里"槽头兴旺"
母亲就像墙上的红纸黑字"勤俭持家"
大嫂常在织布机旁"自己动手"
也没有"丰衣足食"，也没有"锦衣满箱"

就这样一声不吭地跟着寿限走了

带着"抓革命促生产的伟大胜利"病死了

去年在水利建设工地挖一条沟是胜利

今年平整土地把沟填平了是又一个胜利

大哥知道政治队长是个啥活儿

就像学校政治教师，都是姓"吕"的

两张嘴，今儿个这样说，明儿个那样说

大哥他见天一大早蹲在自家后山墙根

咕咚吸一口烟，像老牛饮水一般深沉

咳咳，咳嗽的声音，整条街都能听见

连村外的庄稼都能听见

劳力们就一溜上工去了

忘了谁说过：

八队是建平的嘴发堂的腿

你干的农活没有发堂多

却是一个病人的两倍

用今天廉政的尺子量量你的权势

有多少？顶多帮你买过几条白河桥

顶多队里分菜时，陈保管往你家那堆菜上

多放两个青椒

若不是烟把肺捣腾得一百个窟窿
你大约也不会走这么早，丢下妻儿老小
你的一生，也普通，也光荣
也跟你的黑棉袄一般穷

注：牛把——生产队安排的负责喂牛使唤牛的社员。白
河桥——改革开放前南阳生产的一种香烟，两元钱一条。
因为它便宜，所以比当时的"南阳绿"香烟（三元三角
钱一条）更难买，能经常抽这种香烟的人多是比较有"门
路"的人。

草房在运国身后倒塌

今日田楼村，最寒碜的是运国家的房子——
草房，堆埤多年，整个儿一个断壁残垣
今日田楼村，最潇洒的是运国家的人
全都进了城，水泥板房、楼房崭崭新

运国，能写会唱，小时候能追着县剧团看戏
追个八乡十里；两个妹妹，堪称田楼一带的
美女；弟弟运录成绩出色现在也当人民教师

他们本来就该是城里人的，父亲一生在城里
教书，城里不少社会栋梁、才俊，何等的威风
——是他的学生。凭什么这么多年一家人
盯着脚尖走路？如今都浩浩荡荡领取工资袋
留在田楼的草房，谁还管它以后姓啥？

在田楼还有人家，一家两制，或者一头沉
这会儿的"沉"的那头，都搬进城里滋润
除了个别五保户家，其他的草房全部
狼狈地逃走了，窜了。日他吣呀

适龄青年很多在外，结婚也结在外面
小学校里的孩子们，个个摩拳擦掌
做着热身活动，就像马拉松赛跑之前
各就位，预备——跑，就会跑得无影无踪

一百年后，有历史学家在图书馆的角落中
发现一本写田楼的书。他们喟叹，噢
原来曾经有一些乡村百姓，在这个叫
田楼的地方，虚度过一生

注：堆埠——倒塌。一头沉——丈夫在城镇吃公家饭而
妻儿是农村户口的家庭。日他吣——表示惊奇的语气助词。

双印的弹弓和注射器

听好几位和我们年纪相仿的人提到
当年的知青，他们对双印印象最深——

双印的弹弓打得太好了，无论
树上的麻雀，村里的鸡鸭——
无论社员家的还是干部家的
都受到平等对待，一律打得很准

有的鸡扇着翅膀嘎嘎大叫，有的
鸭跳几跳，只发出一声两声呻吟
有一回瞄也没瞄，就击中了二赖家的狗
的裆部，从那以后，那狗只要一见他
就用尾巴护住两条后腿当间，逃走
别的知青，包括陆健、高海忠

从来不加制止，生活既贫困且沉闷
有点刺激，心里舒服

弹弓毕竟是传统的娱乐工具
打鸡打鸭的也缺乏创意。双印
陆健、海忠的兄弟，干活曾经很卖力
后来，不知在什么地方找来一个
注射器，把墨水推进一只兔子的身体

兔子一个耳朵白一个耳朵蓝
一个耳朵厚一个耳朵薄
一个耳朵竖直，一个耳朵耷拉着

民兵排长保臣催我们上工，隔着窗纸
被滋了一脸清水。咱们干活再好
还不是老冤？还不是有权的送礼的
招工、招生、当兵先走？咱们几人
一致认为：不干点坏事，心里难受

咱们去菜园拔猷菜吧，管它长没长成
咱们去保管那儿要香油，他胆敢不给

咱们晚上去外庄"借"几只鸡吃

先把主人反锁在屋内，临走还

理直气壮地高声告别。看见大队领导

右手作手枪状，对着他的脑袋响亮地放屁

整得干部觉得没呛，见了咱们就躲

农村孩子瞅见了，转过脸去捂着嘴偷着乐

这些人，他们的爹娘平常可不敢惹

注：老冤——对老实人的蔑称。没呛——没意思，尴尬，
没出息。

建华的工作方法

农村干部可不简单，当个民兵营长
当个水利站工作人员
有时候比当副县长都难。建华
真是我见过的好干部了，说起来
这村里乡里，有啥事有多疙料
建华还是如二十多年前那么一笑

你发表正面意见时他笑一笑
你发表反面意见时他笑一笑
这笑，不惫不精，不暗不明
很实诚，绝不空洞。他说，"是哩"
——对；我赞成；是有这种观点
你怎么解释都行，反正没见他和
什么人弄得反贴门神——不对脸

当然要坚持原则，今天上级这么说

我决不那样说；明天上级说鸡我不说鹅

对小自由、干活偷懒，概括地狠狠批

一般避免涉及个人。声音洪亮态度认真

后来百里挑一他被提拔成商品粮，在乡里

水利站工作，直到退休后半生平平稳稳

什么时候都不要想占便宜。人家建华

晴天一身汗，雨天一身泥，干活真出力

唯一的缺点，是脖子比较短，个子有点低

旁的个别干部，大食堂时看见谁家烟囱冒烟

就去捆人，抓计划生育工作见了超生

就带人扒房、牵牛、拴猪、掀饭锅

这种事情建华不去做，即便扒房也让人家

在墙边垫上黍秸棉花棵

给人留条活路，气度大得多

陪领导吃饭，要是领导到量了、高了

又不便离场时咱会搁一个端一个替领导喝

注：大食堂时——1958、1959 年"大跃进"时。高了——
酒喝多了。

文运的运道

文运从小天资聪颖，也许是天上的文曲星
吹拉弹唱写，样样精通，他甚至用桐木板
自制了一把小提琴——那声音在那之前
在那之后再没听过。因此，像我这般
自视甚高的人，都哇的一声，服了

过年过节，都是"被窝里伸脚——露一手"
的时候，全村多一半人家贴他写的对联
颜筋柳骨，龙飞凤舞，词句新鲜
文运口才好，又有亲和力
谁家娶媳妇嫁闺女都请他去
方圆左近暗恋他的，绝不止
三个五个小妮。几乎一年四季他都穿着
那件当时很流行的的确良军上衣

文运有过三次离开田楼的机会

分别是，洛阳拖拉机厂

（听说那个厂子，比方城县城还大）

焦枝铁路工务段

（凭工作证回家过年能省车票钱）

方城县轴承厂招工

（那也美气，农忙时节可以帮衬家里）

只因为媳妇成分问题

——成分高，没能遂意

文运掉过泪，撅过人，第三回没走成

天刚下过雨，他很平静，只在

自家门槛上刮刮胶鞋底上的稀泥

其实在这之前，他自己就

掌握着向城市推荐工人的权力

"当年的公章比鏊子还大

就在咱兜里装着。那时候咱没想

自己的前途，只顾搞革命哩"

说到这儿，不能不提文运的绘画天才

好些年，大队开会的会场

挂的都是文运画的毛主席像

这次听说我要写田楼的诗

立马支持，"素描系列——田楼旧事"

生动形象，笔法稚拙

密密麻麻，布满了二十多页稿纸

在旁边幸福地欣赏老公大作的

是我们的庆环嫂子

注：成分高——土改时被划作地主、富农的，叫"成分高"的。鏊子——烙饼的铁锅，圆形凸状，洗脸盆大小，此处是当地惯用的夸张说法。

清德的手

恁多青壮年外出打工
欣昌，你咋单说清德呢？

清德心细手巧，在家务农时
"我是他姨表亲，真没看出来哩"

旁人起先不信，再巧
他的十根手指头上能开出花儿来吗？

在方城帮人家安门窗。手一摸
他就会了，就独撑门面单干了

在三门峡打工，工地机器故障
他手一摸，就懂了，就修好了

跟欣昌给人看病一样：男人来了
往头上一摸；女人来了，往怀里一摸

男人女人的不得劲儿，立马全好了
"俺老婆在这儿。你跟俺乱哩！"

那些磨洋工的技术员、管工、接线工
遇上清德，那叫仨指头一捏——撮了

南通船厂的老板也赏识他
打沙机、喷枪坏了，不用另雇人

欣昌笑了。以聪明豪爽闻名乡里的
欣昌真是很少服膺谁哩。知道不

清德总共读了不到十年书
这会儿他家美得很，一溜五间大瓦房

原先跟张小凤恋爱时，小凤妈
把他的礼物甩到当院，他蹲到门外哭

现在见女婿女儿回家，又搬墩又沏鸡蛋茶

清德的丈母娘咋恁好咋恁心疼这半拉儿哩？

注：跟俺乱——乱，可以指语言：开玩笑、调侃；可以

指行为：动手动脚。撮了——完了。半拉儿——女婿，

俗话说："一个女婿半拉儿。"

小牛犊，大奶牛

铁蛋嘴大，笑的时候一口黄牙
俩眼一条线。咦，没啦
每次我都等着他把嘴巴闭上
然后才重新看见他的眼睛

铁蛋家的小花牛犊在被偷的途中
自己又跑回来的时候，铁蛋打开大门
就是这样笑的
然后才去修补院墙上的大洞

邻村这几年常有耕牛丢失
用拖拉机偷，团伙作案机械化作业
小花牛犊的腿还受了跌伤

铁蛋的眉头，皱成了一个大疙瘩

红红的，半天没有消下去

他扬起扇子一样的大巴掌，来回抡

就像盗贼在眼前被打，疼得哎呦哎呦

公司破产，吃官饭的铁蛋从街上回到家里

七十块钱低保金，还不够买烟吸

这会儿自己当领导，自己管自己

小花牛犊长大了，产奶了

那奶白生生的，新鲜。这回我在他家

喝了一大碗。铁蛋见天早起

骑自行车给二十多户人家送奶

见天能挣三十多块钱。真不赖

萝卜拌饭——给个县长都不干

铁蛋的眼睛，又眯成了一条线

注：吃官饭的——又叫吃公家饭的，指城镇国有企业或
集体企业职工。低保金——最低生活保障金。

高考状元高群山

高考状元高群山，村东高尚文之子

真给他老头儿和村里老小——长脸

1990年一下考中了焦作矿业学院

虽然不能跟当年的石举人比，可是

就像一个屹蹶着的娃子，站起来

说话间就成了个老爷们儿

田楼向世界发出的洪水，1977—2003

二十四个娃儿们妮儿们离开家园

学成之后，嘴巴实急慌忙伸到商品粮里

找食儿吃：有的在南阳，白河边上

有的在县城，田桂兰当上文化局局长

有的当服务员、售货员，工人阶级每天

七个小时上下班，吃得不赖，穿得也光鲜

高群山毕业在平顶山的一家煤矿，成为技术员

刚工作，高群山用田楼的尺子量城市
大楼高，土地少。有点空闲地方
不种庄稼他种草。城市新鲜、繁华、富裕
就是人太多憋屈得慌
住对门的邻居几年相互之间都不认识
说话口气大，像是和中央有些血缘关系
那些富人"屁股底下有座楼，手指头夹着
半斤小磨油"。生活恁好
也不见把乡下的父母接来一起享受

后来，高群山用人生的尺子量世界
不怕他不这样量，他儿子这样量他
用奥特曼、蜡笔小新的心思——
哪个小朋友的爸爸开着奥迪车
哪个同学要什么妈妈给他买什么
田楼的爷爷奶奶叔叔婶婶为啥
不都搬到城市来呢？儿子高翔最爱电视
最想一按遥控器，就搬进电视里面去住

现在高群山也慢慢对城市"理解万岁"了

也觉得田楼的确太落后、太寒酸些

老少爷们儿不争气、不上进、太懒

自己一个人把田楼的面貌难改变

不过这一辈的田楼人还是有一些不深不浅的

家乡观念：为老娘为哑巴哥哥

春节时他还得捎个包儿回去看看

注：焦作矿业学院——现为河南理工大学。老头儿——父亲。长脸——给挣面子。屹蹴——畏缩地蹲着的姿势。屁股底下有座楼，手指头夹着半斤小磨油——民谣，指达官富商坐高档汽车抽高档香烟。捎个包儿——给亲朋好友带礼品。

离家闯天下，走多远，耍多大？

田士晓，男，我刚到田楼插队时
他四岁

他已经四岁了，还经常把头
拱进妈妈的上衣里吃奶。妈妈嗔怪他
"你置啥呀你？" "我饿！"
"饿了吃馍。还是花卷哩。"
"馍不甜。"于是阴谋得逞

士晓第一次进城，喜欢围着炸油馍的摊子转
一阵尘土过去，他说汽车屁股后面的味儿
真好闻。平时穿双露脚趾的解放鞋
雨天泡了水，踩一下响一下
就像踩着了一只大蛤蟆

如今士晓已经三十岁出头，出去打工
立誓好男儿志在四方。推开家门
走多远算好？田楼小村庄能通向世界的
任何一个地方。假如签证能办
他敢去阿姆斯特丹，敢去小时候听过的
玉皇大帝的官殿。去不了？就在深圳
将就吧。往返飞机
不等长得像鹦鹉一样的空姐劝告
他就已经把安全带系好

深圳一家茶艺馆，是他的老板
西装、领带，袅袅飘飘的是万宝路香烟
二十种名茶的产地、特色、功效、价位
记得烂熟就像数自己的手指头一样
和各种不同来头的人打交道
指挥各种风格的茶艺表演

月薪五千？六千？亲娘老子你也别管
媳妇女儿一沓，母亲一沓
过年回方城立马住进酒店

酒友麻友，初五就拜拜

起飞，进入工作状态

临走也懒得回头望田楼一眼

注：油馍——油炸的发面食品，形状类似油条。立马——
马上，很快。

附 言
Postscript

　　我的诗歌里面有很多人物，比这本书中的多得多。这是一部短诗集，里面的人物都是存在的，或存在过的，并且绝大多数是我近距离接触过的。

　　我在生活中接近过他们，交流，碰撞，平视或仰视。他们是我和自我、和他人、与世界和解的途径。他们温暖我、照耀我。今天的我，是生存生活的基本条件、基本内容和他们的启发、困扰、带动甚至推动以及不断的影响共同完成的"非完成状态"。因为我还要接着前行，生命不得不持续。当然，近乎"随心所欲"的年纪了，路还是不能乱走，逾矩不逾矩都在那个命运逻辑里面。那个逻辑的一部分便是人际关系。

有外国专家说中国人惧怕孤独，是缺乏信仰和中国人口密度大、过于拥挤造成的，中国主流文化——儒学基本上讲的是人伦关系。我不服气。每天我习惯性地起得很早，在露台望着霞光映在对面楼顶，喜鹊嘎嘎几声，我独享这天地间的乐趣。要是喜鹊没来，我也很高兴，它会在别人的视线里腾跃啊！别人的愉悦不也是我的愉悦的一部分吗？我安静地坐着，脑子里各种念头热闹得很呢。我甚至想，所有文章、诗歌，所有字典里面的字和词，无时不在移形换位，那才叫一个热闹得一塌糊涂呢。

　　本书中的人物俱是真实存在或存在过的，但从历史和人的关系问题考察，真实或许不是最重要的，可它毕竟是重要的，能增加后人对自我来源的自信，增加他们讨论问题的客观性与可信度。当然，还有信念和执行力。一个人的人生无法独自成就，他被各种因素、各种力量、各种社会需求及个体行为共同铸造。写作的人需要被点亮，需要语言，尤其是善意，是爱。

　　天地浩渺。我会泯灭，一个时代精神的光点会被铭记。

2023 年 10 月 16 日